OPEN是一種人本的寬厚。
OPEN是一種自由的開闊。
OPEN是一種平等的容納。

OPEN 2/18

工作與時日 神譜

作　者	赫西俄德
譯　者	張竹明　蔣　平
責任編輯	劉素芬
美術設計	張士勇　謝富智
出 版 者 印 刷 所	臺灣商務印書館股份有限公司

地址：臺北市重慶南路 1 段 37 號
電話：(02) 23116118／傳眞：(02) 23710274
讀者服務專線：080056196
郵政劃撥：0000165−1 號
E-mail：cptw＠ms12.hinet.net
出版事業登記證：局版北市業字第 993 號

初版一刷　1999 年 2 月

本書由北京商務印書館授權出版中文繁體字本

定價新臺幣 180 元
ISBN 957−05−1544−9（平裝）／a 12766000

ERGA KAI HEMERAI / THEOGONIA

工作與時日
神譜

〔希臘〕赫西俄德
Hesiod／著

艾佛林—懷特
H. G. Evelyn—White／英譯

張竹明 蔣平／轉譯

臺灣商務印書館 發行

目　次

譯者序

　　赫西俄德是荷馬之後古希臘最早的詩人，以長詩《工作與時日》和《神譜》聞名於後世。眾所周知，荷馬只是古代以彈唱英雄史詩謀生的盲歌手的代名詞；《伊里亞特》和《奧德修紀》乃是依據民間流傳的歌唱英雄業績的許多短歌編寫而成的。它們的真正作者是民眾，是一個民族，是許多代人。赫西俄德則不同，他是一位真實的歷史人物，而《工作與時日》、《神譜》等也被認為是他的個人作品。

──

　　赫西俄德是古希臘的第一位個人作家。他生活和創作的年代，據希羅多德在《歷史》第 2 卷 53 段估算，大約在公元前 9 世紀中葉。但是，12 世紀拜占庭的詩人兼學者楊尼斯‧澤澤斯在《生平》中引亞里士多德的說法，認為赫西俄德只比哲學家畢達哥拉斯早一代人，這樣就不能早於公元前 7 世紀了。兩家意見相去甚遠。至於古代的其他史家和學者，提到赫西俄德的雖然還有很多，但都沒有言及年代。近代以來學者們傾向於認為，赫西俄德生活和創作的時代在公元前 8 世紀上半葉。這和《工作與時日》中反映出來的社會面貌是相符的。赫西俄德出生於中希臘波俄提亞

(Boeotia)的一個農民家庭。據《工作與時日》633 行以下詩句可以知道，他的父親原是小亞細亞愛奧尼亞人移民地庫麥(Cyme)城人，種田之外常常駕船出海從事海上貿易，後為「可怕的貧窮」所迫，遷居希臘大陸波俄提亞的阿斯克拉村(Ascra)，地近神話傳說中的文藝女神繆斯悠游的赫利孔(Helicon)山，屬塞斯比亞(Thespiae)城邦管轄。他在這裡墾荒種地，放牧牲畜，農閒時節或許還像從前一樣駕船出海做點生意，就這樣靠勤勞和節儉逐漸積累了一定的財富，大概成了一個小康之家，生了兩個兒子，即赫西俄德和佩耳塞斯(Perses)。《工作與時日》37-39 行告訴我們，老人死後兩兄弟分割遺產，佩耳塞斯靠賄賂塞斯比亞的巴西琉斯（王爺）「獲得並拿走了較大的一份」。此後，佩耳塞斯由於游手好閒或奢侈享樂，終於變窮了，來向赫西俄德乞求救濟或企圖再次挑起訴訟。《工作與時日》這首長詩便是詩人在這一境況中受到刺激開始創作的，既為了訓誡兄弟，也用以勸諭世人。至於赫西俄德本人，根據《工作與時日》以及《神譜》（我認定它是另一作者的作品）22行，可以相信，他在分割遺產之後一直過著一個農民和牧人的勤勞樸素的生活。他和父親唯一不同的地方是他生活安定，一直守在家鄉，「從未乘船到過寬廣的海域」①。有關他生平的其他事蹟，我們只知道一件事，即，他曾去過歐波亞(Euboea)的卡爾克斯城(Chalcis)參加安菲達瑪斯

---

①《工作與時日》650 行以下。

(Amphidamas)的葬禮競技會，在詩歌比賽中獲獎，得到一只三腳鼎。他把它獻給了赫利孔山上的繆斯女神，以感謝她們給他智慧，指引他走上詩歌創作的光榮道路①。關於這次比賽還有如下的一些細節被傳留下來。㈠澤澤斯在《生平》中記述道：那些主張赫西俄德和荷馬同時代的人報導，在歐波亞王安菲達瑪斯逝世時，這兩位詩人進行了比賽，赫西俄德取得了勝利。評判委員會主席、死者的兄弟潘尼得斯把獎品判給了赫西俄德，理由是，他教人以和平和勤勞，而荷馬教人戰爭和殘殺。㈡公元 2 世紀的地理歷史家波舍尼阿斯在《希臘遊記》中說②，他那個時候還可以看到赫西俄德在卡爾克斯贏得的那個三腳鼎陳列在赫利孔山上。㈢在 2 世紀後的作品《競賽》中還錄有鼎上銘文：「赫西俄德把它獻給赫利孔的繆斯，他在卡爾克斯唱聖歌贏了神一般的荷馬。」此外，普羅克洛斯在《荷馬生平》中，格留斯(Aulus Gellius)③在《阿提克之夜》3.11 中也記有上述銘文。這些記述雖都出於名家，但都只能作為野史傳誦而已。因為，如果這是真事，赫西俄德是一定會更覺自豪，大寫特寫的。事實上他在《工作與時日》中既沒有

---

① 同前頁注。

② 《希臘遊記》, ix.31, 3。

③ 普羅克洛斯（Proclus 公元 412-485）後期新柏拉圖主義的主要代表。著有關於《工作與時日》的注釋。不過《荷馬生平》也可能是二世紀同名文法家作品。格留斯（約公元 123-165 年）羅馬作家，所著《阿提克之夜》是關於古代語言、文學、習俗、法律、哲學、自然科學等等的筆記。

說到看見過荷馬，也沒有說到是和誰比賽的。

關於赫西俄德之死，《生平》和《競賽》記叙得比較詳細，今概述於下。赫西俄德在卡爾克斯比賽獲勝之後去德爾斐，阿波羅神諭告知，他將死於尼米亞美麗的宙斯聖林裡。他以為是指亞哥利斯(Argolis)的尼米亞(Nemea)，於是避開這個地方去了羅克里斯(Locris)的俄諾埃(Oenoe)，得到菲古斯兩子安菲法尼斯和蓋紐克托的款待。後來主人懷疑他勾引他們的妹妹，把他殺了拋入海中。三日後屍體被海豚負到岸邊，葬於俄諾埃（普魯塔克說，葬於阿斯克拉），誰知這裡也有一個尼米亞的宙斯廟。後被移葬俄霍米諾。詩人品達寫過一個墓誌銘，記述他的兩次安葬。關於他的死，普魯塔克的《七賢宴飲篇》19，波舍尼阿斯的《希臘遊記》ix.31.6 (5)、38.3，蘇伊達斯《詞彙》的記述大同小異。修昔底德在《伯羅奔尼撒戰爭史》第 3 卷之 96 叙述到羅克里斯的尼米亞宙斯廟時說：「據說，詩人赫西俄德就是在這裡被當地人殺死的，前此已經有一個神諭說，他命中注定要死在尼米亞。」這些記載也只可作為美麗的傳奇故事看待，尤其是《競賽》和《生平》的記述。如果可被信以為真，赫西俄德在詩歌比賽獲勝之後還未回到家鄉便死在外地了，還怎麼能寫作《工作與時日》談到那次比賽呢？但是修昔底德是古代最嚴謹的史家，就他的記載內容而言我們可以相信，早在公元前 5 世紀就確實有這樣的傳說了，並且為當時的人們所相信。

二

現在通行的赫西俄德作品集包括如下的篇目：《工作與時日》、《鳥占》、《天文學》、《喀戎的格言》、《大工作》、《伊得的長短短格》、《神譜》、《名媛錄及歐荷歐》、《赫拉克勒斯之盾》、《刻宇刻斯的婚姻》、《大歐荷歐》、《愛基密俄斯》和《米蘭浦底亞》等。這些作品分成兩大組。一組以《工作與時日》為中心，屬教諭詩，包括生產技術的指導和倫理道德的訓誡。另一組以《神譜》為中心，追溯諸神的世系和部落及名門望族的始祖。

這些作品在古代曾長期歸於赫西俄德名下。見於記載者，最早承認《工作與時日》是赫西俄德作品的（《神譜》的作者除外）有哲學家愛菲斯的赫拉克利特（約公元前 540－480 年）、詩人品達（約公元前 522－442 年）、喜劇家阿里斯托芬（約公元前 446－385 年）[1]。最早認為《神譜》是赫西俄德作品的有科羅封的色諾芬尼（約公元前 570－480 年）、抒情詩人巴科里得斯（公元前約 507－428 年）和歷史學家希羅多德（公元前 484－425 年）[2]。但是，到希臘化時期，亞歷山卓的批評家們開始懷疑某些作品不是赫西俄德所作。如其中文法家拜占庭的阿里斯托芬在編訂

---

[1] 依次見於第奧根尼‧拉爾修，《名哲言行錄》ix.1；品達，《伊斯米亞頌歌集》v. 96 行；阿里斯托芬，《蛙》1030 行以下。

[2] 依次見塞克斯都‧恩庇里柯，《反數學家》ix. 193, i.289；巴克科里得斯詩集 v. 191 行以下；希羅多德，《歷史》ii.53。

赫西俄德作品集時懷疑《喀戎的格言》、《赫拉克勒斯之盾》等不是他的作品。此後便長期存在兩種不同的記載。二世紀的地理歷史家波舍尼阿斯在《希臘遊記》ix, 27, 2 懷疑《神譜》非赫西俄德所作；在同上書的 ix, 31, 4-5 報導說，赫利孔山一帶的波俄提亞人的傳統看法是，除了《工作與時日》以外，赫西俄德沒寫過其他的詩；他還報導說，他在赫利孔山親眼看到過刻有《工作與時日》的鉛版古本，上面沒有序曲部分（1-10 行）。此外，普魯塔克（公元約 46-120 年）認為《刻宇刻斯的婚姻》是偽托，雅典尼俄斯（公元 170 - 230）認為《刻宇刻斯的婚姻》是古典時期的作品，他還否認《天文學》是赫西俄德所作。與此同時，肯定上列作品全部或部分屬赫西俄德所作的，仍不乏其人。羅馬著名學者老普林尼（公元 23 - 79 年）①肯定《大工作》和《天文學》，普魯塔克也肯定《天文學》，雅典尼俄斯肯定《米蘭浦底亞》是赫西俄德作品。而 10 世紀的蘇伊達斯《詞彙》在「赫西俄德」條下列出了幾乎所有上述篇名，即認為所有這些作品都是他一個人的作品。近代西方學者對此大都採取雙重態度。即，既懷疑某些作品係偽托之作，又依舊把它們列在赫西俄德名下，或彙編成集。

但是事實上，如果我們不懷疑這些作品本身，那麼它們的主要內容，尤其是其中的一些自傳性的話語完全可以

---

① 肯定《大工作》的，見普林尼《自然史》xv. 1, xxi. 17。又見普羅克洛斯對《工作與時日》126 行的注釋。又見一佚名注釋者對亞里士多德《尼各馬可倫理學》v. 8 的注。

證明：上述作品既非出於一人之手，亦非寫成於一個時期。《工作與時日》無疑是赫西俄德所作，寫成的時間也最早。《神譜》是另一詩人的作品，寫成時間晚於《工作與時日》①。上述兩詩是其他諸詩的中心和源泉。《名媛錄及歐荷歐》顯然是《神譜》主題的擴大和發展，寫成時間又比《神譜》晚些，但所晚不多；而《赫拉克勒斯之盾》又是《名媛錄及歐荷歐》主題的發展，當更晚出，近代學者認為可被定在前 7 世紀後半，但說不出足夠的證據。至於其他殘篇，或早或晚，作者是誰，無從定論。但有幾點意見是可以確定下來的：即，所有作者都是波俄提亞人，他們生活和創作的年代都在赫西俄德之後，但又相去不遠；作品相互間存在著某種聯繫性。因為他們的詩在語言風格、創作方法上有著許多共同的特點。近代西方出版的一些古典辭書稱他們為波俄提亞詩派或羅克里斯詩派是有道理的。

　　這些作品只有三種完整地保存至今，其餘的都只剩下斷簡殘篇，這三種完整的作品是《工作與時日》、《神譜》、《赫拉克勒斯之盾》。《赫拉克勒斯之盾》被認為是荷馬史詩《伊里亞特》中關於阿克琉斯之盾描述的彆腳的模仿，沒有什麼價值。前兩者則以各自不同的價值歷來受到重視。下面分別對它們作一簡要介紹。

---

①《神譜》21-25 行。

三

《工作與時日》包括 5 個部分：(a)序曲，包括原詩 1-10
行，是獻給繆斯，讚頌宙斯萬能的。(b)包括 11 - 382 行，
這部分總的勸導人們要勤奮工作。一開始用了兩個不和女
神的比喻。兩個「不和」分別代表能激人奮發的「競爭」
和無益的「爭鬥」。然後用潘朵拉的神話說明人世怎麼會
有惡，怎麼需要工作的，進而描述人類生活的五個時代，
探究惡逐漸增加的原因，強調人世生活現狀的艱辛和鬥爭
的不可避免。其次，詩人講了一個鷹和夜鶯的寓言，譴責
暴力和不公，進而對比公正帶給一個國家的幸福和暴力所
遭到的上天懲罰。作為這個部分的結論是一系列的格言，
總的勸人公正、勤勞和謹慎。勸諭著重在道德方面，是全
詩的要旨所在。(c)包括原詩 383 - 694 行，這部分告訴人
們，要避免匱乏和窘困的境況，只有在農業生產和海上貿
易中勤奮勞動而又謹慎小心。這部分著重在生產知識的指
導。圍繞農業生產，家畜飼養，海上航行，生動地反映了
早期希臘的農村經濟生活，有聲有色地描繪了一年四季的
氣候和自然景色的變換，記錄了當時達到的關於氣象、天
文、動植物生長和活動規律等方面自然科學的經驗知識。
這部分文字華美而又清新。(d)包括 695 - 764 行，充滿各
種各樣的格言，大都是關於家庭內的日常生活活動，初看
上去彼此很少甚至完全沒有什麼關聯。但歸納一下，不外
教人注意不要有褻瀆神靈的行為，對人要注意謹慎；是(b)

部分中勸導謹慎主題的繼續發揮。(e)765 - 828 行，教人注意每個月裡的一些日子，注意這些日子對於農業生產和其他活動吉利還是不吉利。是當地農民關於吉日凶日的宗教觀念甚至迷信信條的匯集，是(d)部分不可瀆神思想的發揮。

長詩取名《工作與時日》根據的是(c)和(e)部分的內容，但是全詩的主旨在(b)部分，即公正與勤勞的美德。(c)部分是(b)勤勞生產主題的具體化和發揮。至於(d)和(e)部分，似乎與主題無關，是五花八門格言的堆砌，且是雜亂無章的堆砌。也是因為這個緣故，批評家們常常指出長詩主題分散或無中心主題的缺點。細讀這首詩，我們不得不承認文章的布局，文字的組織都不夠嚴密，尤其是教諭格言，看上去好像是隨感隨記的，甚至連簡單的整理分類工作都沒做過。但這只是一個方面。如果我們從全詩整體上看，也不得不承認還是有一個統一的主題的，這個主題就是人類如何可以生活得幸福或快樂。幸福或快樂是古希臘人追求的人生理想。歷代倫理思想家都把它作為自己研究的最高課題，提出過各種不同的答案。雖然一般認為這首詩的主題包括道德訓誡和生產技術指導兩個方面，但細讀起來仍不難看出其間的統一性。即統一在道德教訓一個方面。羅馬哲學家盧克萊修是伊比鳩魯快樂論的信徒。他曾指出，一個人要能過上體面的幸福生活，一定的生活資料或財富是不可或缺的。而生活資料取得的唯一正當途徑在赫西俄德看來就是勤於勞作。公元前 8 世紀初希臘的社會

矛盾、人際關係開始複雜化，人們在社會災難面前罔知所措。要取得幸福，還必須學會處理好各種人事，還有那代表威嚴的自然力和尚不可捉摸的社會力的神靈，更是不可輕慢的。這就是為什麼詩人為了給人們指出幸福之路時，要不厭其煩地縷述這麼多方面的格言的緣故。

四

　　長詩在藝術形式上儘管遠不是完美的，但由於它是文明之初的第一個個人作品，因此我們不能低估它在西方文學、歷史上應有的地位。如果說荷馬史詩是浪漫主義的，那麼《工作與時日》則是西方歷史上第一部現實主義的作品。詩人敘述的事情是現實的，要解決的矛盾是現實的，說的道理是現實的，格言也是那個時代人民生活經驗的總結。因此在浪漫主義和史詩創作已趨衰落的當時，《工作與時日》一定處處給人以清新感。因此人們才稱它是「一支光榮的歌」，把它的作者和荷馬相提並論。其次，《工作與時日》雖然使用的是史詩風格的語言，但它已突破了史詩的侷限，已經是一種新的文學體裁──訓諭詩。有敘述有教導，以教導為主。教導中廣泛使用各種祈使語式，敘述中有的像抒情詩、田園詩，有的就是一篇寓言。因此可以說，詩中包含著後來幾世紀文學的各種胚芽。

　　由於長詩是前 8 世紀唯一的文學作品，又是以現實生活為題材的，其社會歷史資料價值也可想而知。根據長詩的反映，公元前 8 世紀初的希臘社會粗看起來似乎仍如荷

馬時代一樣，但事實上已經有了不少新的特點，甚至質的不同。雖然一如荷馬時代的希臘，居民主要還是從事農業生產，畜牧業居次，手工業，包括冶鐵、製造農具等仍然是農民的副業，但和荷馬時代不同，商業有了明顯的發展。不僅較為先進的小亞細亞地區居民常有出海經商的，連地處內陸的波俄提亞的農民也擁有自己可供出海的船隻了。至於當時是否出現了專做買賣的商人階層，從詩中不得而知。貿易雙方看來還是物物交換，還沒有出現貨幣。

商業的發展給 8 世紀的希臘帶來了一系列的社會後果。

這個時候居民的財富、地位分化加快了。自由民很容易窮的變富，富的變窮了。窮了的成為乞丐、雇工、奴隸。奴隸的數量增加了，如赫西俄德這樣的小康農家也往往不止一個奴隸；他們已由主要從事家務勞動和輔助性勞動的家長制奴隸變為主要從事生產勞動的奴隸；他們耕地、播種、收割、打掃穀倉、造打穀場等等。女奴也開始用於田間勞動。國家的型態已經產生，但國家機器還處於不發達狀態。統治者是荷馬時代稱為巴西琉斯的大大小小的貴族權勢人物。從《工作與時日》中反映出來的情況看，和平時期巴西琉斯的職能在於司法審判，他們裁決各種民事案件，主要是買賣糾紛和遺產爭執，法庭就設在市場上，根據的是習慣法。如所周知，習慣法有很大的任意性。巴西琉斯收受賄賂偏袒一方。平民希望審判公正，但還不知道要求制定成文法。

此外，希臘各地區之間經濟聯繫的加強促進了文化的交流，波俄提亞的詩人參加了歐波亞的卡爾克斯城國王的葬禮競技會並獲得了獎品。公元前 776 年第一屆全希臘性的奧林匹克競技會舉行了。經濟文化聯繫的加強又促進了全希臘民族意識和各種地域性政治同盟的形成。赫西俄德居住的阿斯克拉受制於塞斯比亞城的巴西琉斯可以視為這一政治過程中的一個小小插曲。

《工作與時日》反映出來的希臘社會的這些特點，明白無誤地告訴人們：公元前 8 世紀的希臘已經進入文明時期。

五

《神譜》包括三個部分：(a)序曲，原詩 1-115 行，述說繆斯的誕生，繆斯九神的名字，她們的性情品格特點，她們給兩位詩人——赫西俄德和《神譜》作者的引導。104 - 115 行作者祈求繆斯述說諸神的誕生，轉入正題。(b)116 - 1020 行是全詩的主體部分。「從頭開始」述說宇宙諸神和奧林波斯諸神的誕生，即他們之間的親緣世系，描繪他們的形相性情等等。「最先產生的確實是卡俄斯（混沌），其次便產生該亞——寬胸的大地，……」大地母親的後裔以天神烏蘭諾斯系為主系，最為繁盛，一傳至克洛諾斯，二傳至宙斯。宙斯打敗了提坦和提豐，確立和保住了對全宇宙的統治權，給諸神分配職司。此後便是宙斯的子女雅典娜、阿波羅等的出世，女神和凡間男子生了半人半神的英雄

們。旁系有塔耳塔羅斯（地淵或地獄）系諸惡物和蓬托斯（大海）系的神與怪。(c)尾聲，原詩 1021-1022 行。話題轉向另一方面，預示另一詩篇的創作，另一批半人半神的英雄的產生。他們是一群凡間淑女和男神相愛所生的子女，是一些部落或氏族的祖先。

六

公元前 8-7 世紀希臘社會已進入文明時期，作為氏族社會精神產物的神話至此已基本定型。希臘神話是最豐富的。但由於希臘世界居民在古代曾發生過多次的遷移、衝突、交匯、融合，除各部落氏族自己創造的神話而外，又繼承了克里特、邁錫尼的遺產，並在和先進的東方接觸中改造吸收了埃及和西亞的神話。因此希臘神話這時呈現紛繁複雜的現象。往往不同的神具有相同的職能和相同的故事，同一個神在不同的地區又會有不同的職能和不同的故事，如此等等。《神譜》以奧林波斯神系為歸宿，把諸神納入了一個單一的世系。這樣就完成了希臘神話的統一。

《神譜》對古代希臘人的宗教生活有直接的影響。公元前 8-7 世紀，希臘流行三種宗教，即奧林波斯崇拜、俄爾甫斯教派和厄琉息斯秘儀。後兩者以德墨特爾和狄俄尼索斯為主要崇拜對象，奧林波斯教的崇拜對象則主要是宙斯、阿波羅和雅典娜。《神譜》不但繼承荷馬史詩傳統，樹立宙斯對天上和人間的統治地位，而且還把宇宙諸神和外來的神都降到他的臣僕的地位，同時把人間的貴族巴西琉

斯和宙斯拉上關係，把他們説成是宙斯的學生，歌頌他們的公正和智慧。這符合當時貴族階級的口味，在他們的提倡下，對奧林波斯諸神的崇拜成了占統治地位的宗教。

《神譜》對希臘自然哲學的產生和發展也有直接的影響。這一影響甚至比對宗教的影響更為深遠。古希臘自然哲學一開始便以尋求世界的本源為其主課題，這和《神譜》中追述諸神的起源有著明顯的聯繫。本世紀初著名的希臘哲學史家康福德就不相信泰勒斯的水為萬物之本源的思想，是突然地從天上掉下來的或從地下迸出來的。現代西方學者從第爾斯到格思里都從赫西俄德（作為《神譜》的作者）的思想中，看到一種「離開神話向理性思想發展的傾向」，因而把赫西俄德作為伊奧尼亞自然哲學家的先驅之一。①

張竹明

1990.6.16　於南京大學歷史系

---

① 見汪子嵩等《希臘哲學史》，人民出版社，1988，第 1 卷第 72 頁。

工作與時日

皮埃里亞①善唱讚歌的繆斯神女，請你們來這裡，向你們的父神宙斯傾吐心曲，向你們的父神歌頌。所有死的凡人能不能出名，能不能得到榮譽，全依偉大宙斯的意願。因為，他既能輕易地使人成為強有力者，也能輕易地壓抑強有力者。他能輕易地壓低高傲者抬高微賤者，也能輕易地變曲為直，打倒高傲者。——這就是那位住在高山，從高處發出雷電的宙斯。宙斯啊，請你往下界看看，側耳聽聽，了解真情，伸張正義，使判斷公正。還有你，佩耳塞斯②啊，我將對你述說真實的事情。

5

10

①在奧林波斯山麓，是繆斯的出生地。見《神譜》54 行。
②詩人赫西俄德的兄弟。

大地上不是只有一種不和之神，而是有兩種。一種不和，只要人能理解她，就會對她大唱讚辭。而另一種不和則應受到譴責。這是因為她們的性情大相逕庭。一種天性殘忍，挑起罪惡的戰爭和爭鬥；只是因為永

15　生天神的意願，人類不得已而崇拜這種粗厲的不和女神，實際上沒有人真的喜歡她。另一不和女神是夜神的長女，居住天庭高高在上的克洛諾斯之子把她安置於大地之根，

20　她對人類要好得多。她刺激怠惰者勞作，因為一個人看到別人因勤勞而致富，因勤於耕耘、栽種而把家事安排得順順當當時，他會因羨慕而變得熱愛工作。鄰居間相互攀比，爭先富裕。這種不和女神有益於人類。陶工與陶工競

25　爭，工匠和工匠競爭；乞丐忌妒乞丐；歌手忌妒歌手。

27　　噢，佩耳塞斯！請你記住這些事：不要讓那個樂於傷害的不和女神把你的心從工作中移開，去注意和傾聽法庭

30　上的爭訟。一個人如果還沒有把一年的糧食、大地出產的物品、德墨特爾的穀物及時收貯家中，他是沒有什麼心思上法庭去拌嘴和爭訟的。當獲得豐足的食物時，你可以挑起訴訟以取得別人的東西。但是，你不會再有機會這樣幹

35　了。讓我們用來自宙斯的、也是最完美的公正審判來解決我們之間的這個爭端吧！須知，我們已經分割了遺產，並且你已獲得並拿走了較大的一份，這極大地抬高了樂意審

40　理此類案件熱衷於受賄的王爺們的聲譽。這些傻瓜！他們不知道一半比全部多多少，也不知道以草芙蓉和常春

花①為生有什麼幸福。

　　諸神不讓人類知道生活的方法，否則，你工作一天或許就能輕易地獲得足夠的貯備，以至一整年都不需要再為生活而勞作了；或許立刻就可以把船舵卸下置於煙上②，牛和壯騾翻耕過的田畝又會變成荒地。但是，憤怒的宙斯不讓人類知道謀生之法，因為狡猾的普羅米修斯欺騙了他。因此，宙斯為人類設計了悲哀。他藏起了火種。但是，伊阿佩托斯③的優秀兒子又替人類從英明的宙斯那裡用一根空茴香桿偷得了火種，而這位雷電之神竟未察覺。聚雲神宙斯後來憤怒地對他說：

　　　　「伊阿佩托斯之子，你這狡猾不過的傢伙，
　　　　你以瞞過我盜走了火種而高興，卻不知等著你和
　　　　人類的將是一場大災難。我將給人類一件他們都
　　　　為之興高采烈而又導致厄運降臨的不幸禮品，作
　　　　為獲得火種的代價。」

　　人類和諸神之父宙斯說過這話，哈哈大笑。他吩咐著名的赫淮斯托斯④趕快把土與水摻和起來，在裡面加進人類的語言和力氣，創造了一位溫柔可愛的少女，模樣像永

45

50

55

60

---

①草芙蓉和常春花：就如「麵包和乳酪」一樣是窮人的食物。——英譯者
②指無航海活動。
③希臘神話中提坦神之一，烏蘭諾斯（天神）和該亞（地神）之子，普羅米修斯、阿特拉斯之父。
④希臘神話中的火神和冶煉業的保護神。

65　生女神。他吩咐雅典娜教她做針線活和編織各種不同的織
　　物，吩咐金色的阿佛洛狄特在她頭上傾灑優雅的風韻以及
　　惱人的欲望和倦人的操心，吩咐神使、阿爾古斯①、斬殺
　　者赫爾墨斯給她一顆不知羞恥的心和欺詐的天性。

　　　　宙斯作了上述吩咐，神們聽從了克洛諾斯之子、衆神
70　之王的安排。著名的跛足之神②立刻依照克洛諾斯之子的
　　意圖，用泥土創造了一個靦覥少女的模樣，明眸女神雅典
　　娜給她穿衣服、束腰帶，美惠三女神和尊貴的勸說女神給
　　她戴上金項鏈，髮髻華美的時序三女神往她頭上戴上春天
75　的鮮花。〔帕拉斯・雅典娜為她作了各種服式的周身打
　　扮。〕③按照雷神宙斯的要求，阿爾古斯、斬殺者神使赫
　　爾墨斯把謊言、能說會道以及一顆狡黠的心靈放在她的胸
80　腔裡，衆神的傳令官也給了她成篇的語言。宙斯稱這位少
　　女為「潘朵拉」④，意思是：奧林波斯山上的所有神都送
　　了她一件禮物——以五穀為生的人類之禍害。

85　　　　諸神之父既已布置好這個絕對無法逃避的陷阱，便派
　　榮耀的阿爾古斯、斬殺者諸神的快速信使把它作為一份禮

---

①希臘神話中的百眼怪物，一譯阿耳戈斯。
②指赫淮斯托斯，因曾得罪宙斯被從天上扔下而致瘸。
③基本內容與72行有重複，係根據不同抄本。以下用括號處，皆表示來自不
　同抄本異文。不另注。
④意為「一切饋贈」。

物送到厄庇米修斯①那裡。厄庇米修斯沒有考慮普羅米修斯囑咐他的話——普羅米修斯曾吩咐他永遠不要接受奧林波斯的宙斯送給他的任何禮物；送來了也要退回去，以免可能成為人類的災禍——他接受了這份禮物，後來受到禍害時，他才領會了那些話的含義。

須知在此之前，人類各部落原本生活在沒有罪惡、沒 90
有勞累、沒有疾病的大地上，命運三女神②給人類帶來了
這些災難。〔須知在不幸中人老得很快。〕這婦人用手揭
去了瓶上的大蓋子，讓諸神賜予的禮物都飛散出來，為人
類製造許多悲苦和不幸。唯有希望仍逗留在瓶頸之下的牢
不可破的瓶腹之中，未能飛出來。像手持埃癸斯③招雲的 95
宙斯所設計的那樣，在希望飛出瓶口之前，這婦人便蓋上
了瓶塞。但是，其他一萬種不幸已漫遊人間。不幸遍布大 100
地，覆蓋海洋。疾病夜以繼日地流行，悄無聲息地把災害
帶給人類，因為英明的宙斯已剝奪了他們的聲音。因此，
沒有任何可躲避宙斯意志的辦法。 105

如果你願意，我將簡要而又動聽地為你再說一個故
事，請你記在心上：諸神和人類有同一個起源。
首先，奧林波斯山上不朽的諸神創造了一個黃金種族 110

①普羅米修斯之弟。
②亦即懲罰三女神。見《神譜》217 行注。
③即神盾，赫淮斯托斯為宙斯製造的，宙斯搖動它就會電閃雷鳴。

的人類。這些凡人生活在克洛諾斯時代，那時他是天上的
國王。人們像神靈那樣生活著，沒有內心的悲傷，沒有勞
115　累和憂愁。他們不會可憐地衰老，手腳永遠一樣有勁；除
了遠離所有的不幸，他們還享受筵宴的快樂。他們的死亡
就像熟睡一樣安詳，他們擁有一切美好的東西。肥沃的土
120　地自動慷慨地出產吃不完的果實。他們和平輕鬆地生活在
富有的土地上。羊群隨處可見，幸福的神靈眷愛著他們。

　　自從這個種族被大地埋葬之後，他們被稱為大地上的
神靈。他們無害、善良，是凡人的守護者。他們身披雲霧
漫遊於大地各處，注視著人類的公正和邪惡的行為。他們
是財富的賜予者，因為他們也獲得了這種國王的權利。此
後，奧林波斯諸神創造了第二代種族，一個遠遠不如第一
130　代種族優秀的白銀種族，在肉體和心靈兩方面都一點不像
黃金種族。這個種族的孩子在其善良的母親身旁一百年長
大，語言貧乏，在家裡孩子氣十足地玩耍。但是，當他長
大成人、漸漸步入風華正茂的青春期時，他的成人經歷非
常短暫，並且由於愚昧無知使悲傷始終與之相伴。他們
135　不能避免犯罪和彼此傷害，又不願意崇拜神靈和給幸福神
靈的祭壇獻上祭品。——這是無論居住在哪兒的凡人都應
該做的。於是，克洛諾斯之子宙斯氣憤地拋棄了他們，因
為他們不敬居住在奧林波斯的幸福神靈。

140　　　但是，當這個種族也被埋進泥土時，他們被人類稱作

地下的快樂神靈。儘管他們品位低一級，但仍然得到人類的崇敬。諸神之父宙斯又創造了第三代人類——青銅種族，產生於墨利亞神女①，他們可怕而且強悍，一點不像白銀時代的人類。他們喜愛阿瑞斯製造哀傷的工作和暴力行為，不食五穀，心如鐵石，令人望而生畏。他們力氣很大，從壯實的軀體、結實的雙肩長出的雙臂不可征服。他們的盔甲兵器由青銅打造，房屋是青銅的，所用工具也是青銅的。那時還沒有黑鐵。他們用自己的手毀滅了自己，去了冷酷的哈得斯的潮濕的王國，沒有留下姓名。儘管他們強大可怕，但為黑死病所征服，離開了陽光普照的大地。

在這個種族也被埋進大地後，克洛諾斯之子宙斯又在富有果實的大地上創造了第四代種族，一個被稱作半神的神一般的比較高貴公正的英雄種族，是廣闊無涯的大地上我們前一代的一個種族。不幸的戰爭和可怕的廝殺，使他們中的一部分人喪生。有些人是為了俄狄浦斯的兒子戰死在七座城門的忒拜－卡德摩斯的土地上；有些人為了美貌的海倫渡過廣闊的大海去特洛伊作戰，結果生還無幾。但是，諸神之父、克洛諾斯之子宙斯讓另一部分人活下來，為他們安置了遠離人類的住所，在大地之邊。他們無憂無慮地生活在渦流深急的大洋岸邊的幸福島上，出產穀物的

---

① 見《神譜》187 行，563 行。

169　　土地一年三次為幸福的英雄們長出新鮮、香甜的果實。遠
169a　離不朽的眾神，克洛諾斯王統治著他們。因為人類和眾神
169b　之父釋放了克洛諾斯。這些結局一樣光榮和受崇敬。

169c　　　　目光遙遠的宙斯又創造了第五代人類，讓他們生活在
169d　廣闊的大地上。

174　　　　我但願不是生活在屬於第五代種族的人類中間，但願
175　或者在這之前已經死去，或者在這之後才降生。因為現在
　　　的確是一個黑鐵種族：人們白天沒完沒了地勞累煩惱，夜
　　　晚不斷地死去。諸神加給了他們嚴重的麻煩。儘管如此，
180　還有善與惡攪和在一起。如果初生嬰兒鬢髮花白①，宙斯
　　　也將毀滅這一種族的人類。父親和子女、子女和父親關係
　　　不能融洽，主客之間不能相待以禮，朋友之間、兄弟之間
185　也將不能如以前那樣親密友善。子女不尊敬瞬即年邁的父
　　　母，且常常惡語傷之，這些罪惡遍身的人根本不知道畏懼
　　　神靈。這些人不報答年邁父母的養育之恩，他信奉力量就
190　是正義；有了它，這個人可以據有那個人的城市。他們不
　　　愛信守誓言者、主持正義者和行善者，而是讚美和崇拜作
　　　惡者以及他的蠻橫行為。在他們看來，力量就是正義，虔
　　　誠不是美德。惡人用惡語中傷和謊言欺騙高尚者。忌妒、
195　粗魯和樂於作惡，加上一副令人討厭的面孔，將一直跟隨

①指墜落到極點。

著所有罪惡的人們。羞恥和敬畏兩女神以白色長袍裹著綽
約多姿的體形，將離開道路寬廣的大地去奧林波斯山，拋
棄人類加入永生神靈的行列。人類將陷入深重的悲哀之
中，面對罪惡而無處求助。 200

　　現在，我要給心裡明白的老爺們講一個故事。一隻鷂
鷹用利爪生擒了一隻脖頸密布斑點的夜鶯，高高飛翔到雲
層之中，夜鶯因鷹爪的刺戮而痛苦地呻吟著。這時，鷂鷹 205
輕蔑地對她說道：「不幸的人啊！你幹嘛呻吟呢？喏，現
在你落入了比你強得多的人之手，你得去我帶你去的任何
地方，儘管你是一個歌手。我只要高興，可以你為餐，也
可放你遠走高飛。與強者抗爭是傻瓜，因為他不能獲勝，
凌辱之外還要遭受痛苦。」長翅膀的、飛速快的鷹說了如
上這番話。

　　佩耳塞斯，你要傾聽正義，不要希求暴力，因為暴力
無益於貧窮者，甚至家財萬貫的富人也不容易承受暴力， 215
一旦碰上厄運，就永遠翻不了身。反之，追求正義是明智
之舉，因為正義最終要戰勝強暴。然而，愚人只有在受到
痛苦時才能領會這個道理，因為霍爾卡斯①緊隨錯誤的審
判。貪圖賄賂、用欺騙的審判裁決案件的人，無論在哪兒 220
強拉正義女神，都能聽到爭吵聲。正義女神身披雲霧跟到

①霍爾卡斯，誓言之神。

城市和人多的地方哭泣，給人們帶來災禍，甚至給那些把
她趕到對她説假話的地方的人們帶來災禍。

225　　　相反，人們如果對任何外來人和本城邦人都予以公正
審判，絲毫不背離正義，他們的城市就繁榮，人民就富
庶，他們的城邦就會呈現出一派愛護兒童、安居樂業的和
平景象。無所不見的宙斯也從不唆使對他們發動殘酷的戰
230　爭。飢荒從不侵襲審判公正的人，厄運也是如此。他們快
樂地做自己想幹的活計，土地為他們出產豐足的食物。山
上橡樹的枝頭長出橡實，蜜蜂盤旋採蜜於橡樹之中；綿羊
235　身上長出厚厚的絨毛；婦女生養很多外貌酷似父母的嬰
兒。他們源源不斷地擁有許多好東西，他們不需要駕船出
海，因為豐產的土地為他們出產果實。

　　　　但是，無論誰強暴行凶，克洛諾斯之子、千里眼宙斯
240　都將予以懲罰。往往有甚至因一個壞人作惡和犯罪而使整
個城市遭受懲罰的，克洛諾斯之子把巨大的苦惱——飢荒
245　和瘟疫一同帶給他們。因此，他們漸漸滅絕，妻子不生育
孩子，房屋被奧林波斯山上的宙斯毀壞而變少。宙斯接著
又消滅他們的龐大軍隊，毀壞他的城牆，沉沒他們海上
的船艦。

　　　　啊，王爺們！請你們也要好好考慮這個懲罰。永生神
250　靈就在人類中間，且時刻注意那些不考慮諸神的憤怒而以

欺騙的判決壓迫別人的人們。須知，寬廣的大地上宙斯有三萬個神靈。這些凡人的守護神，他們身披雲霧漫遊在整個大地上，監視著人間的審判和邪惡行為。其中有正義女神——宙斯的女兒，她和奧林波斯諸神一起受到人們的敬畏。無論什麼時候，只要有誰用狡詐的辱罵傷害她，她即坐到克洛諾斯之子、其父宙斯的身旁，數說這些人的邪惡靈魂，直至人們為其王爺存心不善、歪曲正義作出了愚蠢錯誤的判決而遭到報應為止。啊，你們，王爺們，要注意這些事；而你們，愛受賄賂的王爺們，要從心底裡完全拋棄錯誤審判的思想，要使你的裁決公正。

害人者害己，被設計出的不幸，最受傷害的是設計者本人。

宙斯的眼睛能看見一切、明瞭一切，也看見下述這些事情。如果他願意這樣，他不會看不出我們城市所擁有的是哪一種正義。因此，現在我本人和我的兒子在人們中間或許都算不上是正義者——既然做正義者是惡——如果不正義者擁有較多的正義的話。但是，我認為無所不知的宙斯最終必定會糾正這種現狀。

但是，佩爾塞斯啊，你要記住這些事：傾聽正義，完全忘記暴力。因為克洛諾斯之子已將此法則交給了人類。由於魚、獸和有翅膀的鳥類之間沒有正義，因此他們互相

255

260

265

270

275

280 吞食。但是，宙斯已把正義這個最好的禮品送給了人類。因為任何人只要知道正義並且講正義，無所不見的宙斯會給他幸福。但是，任何人如果考慮在作證時說假話、設偽誓傷害正義，或犯下不可饒恕的罪行，他這一代人此後會

285 漸趨微賤。如果他設誓說真話，他這一代人此後便興旺昌盛。

　　但是，我將樂於對你——愚蠢的佩耳塞斯說一些大道理。邪惡很容易為人類所沾染，並且是大量地沾染，通向

290 它的道路既平坦又不遠。然而，永生神靈在善德和我們之間放置了汗水，通向它的道路既遙遠又陡峭，出發處路面且崎嶇不平；可是一旦到達其最高處，那以後的路就容易走過，儘管還會遇到困難。

　　親自思考一切事情，並且看到以後以及最終什麼較善

295 的那個人是至善的人，能聽取有益忠告的人也是善者。相反，既不動腦思考，又不記住別人忠告的人是一個無用之徒。出身高貴的佩耳塞斯啊，要時刻記住我的忠告，無論如何你得努力工作。這樣，飢餓或許厭惡你，頭冠漂亮、

300 令人崇敬的地母神或許會喜愛你，用糧食填滿你的穀倉，因為飢餓總是懶漢的親密伴侶。活著而無所事事的人，神和人都會痛之恨之，因為其稟性有如無刺的雄蜂，只吃不

305 做，白白浪費工蜂的勞動。願你注意妥當地安排農事，讓你的穀倉及時填滿糧食。人類只有透過勞動才能增加羊群

和財富，而且也只有從事勞動才能倍受永生神靈的眷愛。 309
勞動不是恥辱，恥辱是懶惰。但是，如果你勞動致富了， 311
懶惰者立刻就會忌羨你，因為善德和聲譽與財富為伍。如
果你把不正的心靈從別人的財富上移到你的工作上，留心
從事如我囑咐你的生計，不論你的運氣如何，勞動對你都 315
是上策。惡的羞恥心是窮人的伴侶。羞恥既能極大地傷害
人，又能大大地助人興盛。羞恥跟隨貧窮，自信伴著富
裕。

　　財富不可以暴力攫取，神賜的財富尤佳。一個人如果 320
以暴力奪取巨大的財富，或藉狡猾的辭令進行騙取，正如
良心為貪婪所蒙騙、羞恥為無恥所拋棄時常常可以看到的
那樣情形：神靈貶斥他，讓他的房屋枯朽，財富在他手裡 325
瞬即消失。傷害懇求者、冷待客人、爬上兄弟的床笫與其
妻亂倫、忍心虐待孤兒、斥罵傷害年老少歡的父親，神靈
同樣會貶斥他這些惡行，宙斯肯定會對此大發雷霆，最終
會對他施以嚴厲的懲罰。但是，如果你徹底地阻止愚昧的
靈魂去幹這些事，盡你所能而純真潔淨地祭奠永生神靈， 335
焚燒上等的肉類供品，平時無論夜晚還是神聖的白晝，奠
酒和焚香來向他們贖罪，他們就對你大發慈悲，你因而可
以買得別人的財產，而不是別人買去你的東西。 340

　　邀請你的朋友來進餐，但不要理睬你的敵人。特別要
邀請住在你附近的人，因為如果你在這裡發生了什麼不

345 幸，鄰居們拔腿就跑來了，而親戚們往往還得準備一下才能動身。壞鄰居是一大災禍，就像好鄰居是一大福祉一樣。有一個好鄰居就如擁有一件財寶。如果你的鄰居好，連一頭牛也不會死亡。鄰居對你有多好，你應該對他也有
350 多好；或者，如果可能的話，應該對他更好些。這樣，如果你以後需要幫助，你就一定能從他那裡得到。

不要拿不義之財，因為不義之財等於懲罰。人家愛你，你也要愛他；人家來看望你，你也要去看望他；人家
355 贈送你東西，你也要送他東西。人們都會對慷慨者大方，但不會有誰如此對待吝嗇者。給予是善，奪取是惡，它會帶來滅亡。一個心甘情願施捨的人，即使拿出的是一件寶貴的東西，他也會因此歡喜、心裡高興。但是，無論誰如
360 果墮入無恥，只想要別人的東西，即使其物甚微，心靈也
361 會變得冷酷無情。無論誰只要在已有的基礎上進行積累，
363 就能避過目光明亮的飢餓，因為只要一點一點地增加，且
362 不斷如此，不久你會積少成多。放在家裡的東西不會煩擾
365 你。貯蓄放在家裡比較好，因為東西在外不保險。使用自己的東西是樂事，需要什麼而自己又沒有，心裡痛苦，我要你注意這一點。在桶剛打開或接近用完時，你要往桶裡添加，但中途要節省，用完了再節省是不幸的。

370 答應給朋友的報酬要算數，甚至和親兄弟也要找人作證，因為信任和猜疑同樣有害於人。

你千萬不要上當，讓淫蕩的婦女用甜言蜜語蒙騙了你，她們目光盯著你的糧倉。信任女人就是信賴騙子。　　₃₇₅

　　應該只生一個兒子來供養父親一家，因為只有這樣，家中的財富才能增加。如果生養兩個兒子，你就不能早死。不過子女多的人家，宙斯也易於多給他們財富。人多　₃₈₀多幹活，財富增長快。

　　如果你心裡想要財富，你就如此去做，並且勞動，勞動，再勞動。

普勒阿得斯①——阿特拉斯②的七個女兒在天空出現時③，你要開始收割；她們即將消失時④，你
385 要開始耕種。她們休息的時間是四十個日日夜夜。當她們在下一年再次露面時，你首要的是磨礪你的鐮刀。平原遵循這個節氣規律，海洋附近的居民、遠離咆哮的海洋、土地肥沃的山谷居民也遵循這個規律。你如果願意及時收穫
390 地母神賜予的一切果實，就必須出力耕耘、播種和收穫，因為各種作物都只能在一定的季節裡生長。否則，你日後
395 一旦匱乏，就不得不乞求於別人的家門，而結果往往是徒費口舌，正如你才來找過我一樣。愚蠢的佩耳塞斯啊，我不會再給你什麼了，你要勞動，去做諸神為人類規定的那些活兒，免得有一天你領著悲苦悽惶的妻子兒女在鄰居中
400 乞討，而他們誰也不關心你。你或許能得到二、三次施捨，但如果你再繼續打擾他們，就會再也得不到什麼了，你再說多少話都徒勞無益，你說得再可憐也沒有人去理會你。是的，我勸你設法清償債務、避免飢餓。

405 首先，弄到一所房屋、一個女人和一頭耕牛。女人我是說的女奴，不是說的妻子，她也可以趕牛耕地。你得在家裡置備好各式各樣的農具，免得求借於他人而遭到拒絕

---

①阿特拉斯的七個女兒，以後便變成七星（昴星團）。
②提坦神伊阿佩托斯和克呂墨涅之子，普羅米修斯和厄庇米修斯之弟。
③在陽曆 5 月初。——英譯者
④在陽曆 11 月份。——英譯者

時，你會因缺少耕牛農具而錯過時令、誤了農活。今天的事不要拖到明天、後天。懶漢不能充實穀倉，拖沓的人也是如此。勤勞就工作順當，做事拖沓者總是擺脫不了失敗。

當灼熱的陽光減退其威力時，萬能的宙斯送來了秋雨①，人的肉體開始覺得舒服多了。——那時，天狼星在生來就有痛苦的人類頭頂上漫步，但它白天走的路程短，夜晚走的路程長。——在這個時節，陣雨打得樹葉紛紛落地，樹枝不會萌發新芽，用鐵斧砍伐的樹木最不易遭受蟲蛀。因此你要記住伐木取材，這正是幹此類活計的時節。取一段 3 足尺②直徑的臼材、一根 3 肘尺長的杵和一根 7 足尺長的軸，這是正確的取料。如果你把軸弄成 8 足尺長，你就還能從其上截取一個木槌。你要為 10 掌寬的大車取一根 3 拃長的車轱轆，你也要取許多彎曲的材料；在山上或田野裡找到合適的櫟樹時，你也要取一根犁轅帶回家，因為它堅硬無比，最適合牛拉，只要雅典娜的夥計把它裝到犁頭上、再把它用暗銷固定在犁桿上就行。你要準備好兩個犁，在家裡加工好，一個是天然木犁，另一個是用幾根木料裝配而成的。因為這樣做好得多，損壞了一個你可以使用另一個。月桂樹或榆樹做成的犁桿最不易被蟲蛀，犁頭

---

①在陽曆 10 月份。——英譯者
②以一腳之長量物，如尺。為避免和現行英尺相混，暫譯「足尺」。

要用橡樹，犁轅要用櫟樹。耕田要用兩頭都是 9 歲的公牛，因為這時它們力氣最足，正當最佳年齡時期，最適合耕田。在田裡它們不會打架或破壞耕犁，致使活兒不能完成。趕牛耕田的應是個精力旺盛的 40 歲的男人，讓他一餐吃一個可分為四大塊或八小塊的麵包。他能專心幹自己的活兒，使犁溝筆直，不盯著同年齡的夥伴而會把心放在活兒上。播種的人年齡不能比他小，否則會浪費種子。因為比他更年輕的人會因看著伙伴而魂不守舍。

你要注意來自雲層上的鶴的叫聲，它每年都在固定的時候鳴叫①。它的叫聲預示耕田季節和多雨冬季的來臨，它使沒有耕牛的農夫心急如焚。那時候，你要精心養壯牛棚裡的頭角彎曲的耕牛。須知說一聲「借給我兩頭耕牛、一輛大車」是一件易事，但對方以「我的牛有活要幹」為藉口加以拒絕也同樣易如反掌。富於幻想的人常口口聲聲說造一輛大車，但竟不知造一輛大車要有上百根木料，你得事先留意把這些木料聚藏在家裡。

耕種季節一到，你要和奴僕們一樣不分晴雨抓緊時間搶耕搶種。每天清晨你自己就下田幹活，只有這樣，人手才能到齊，你的田地才有可能適時地耕種完畢。你要在春季耕種，但是夏季休耕的田地不會使你的希望落空。如果

---

①陽曆約 11 月中旬。——英譯者

土質變得愈益貧瘠，你就播種休耕地。休耕地是生活的保障，孩子們的安慰。

為了獲得粒大實滿的穀物，在剛開始給耕牛戴上頸軛，繫上皮帶，握住犁把，手揮鞭趕它們拉犁耕地時，你就要向地下的宙斯、無辜的德墨特爾祈禱。你在耕種時要吩咐一名奴隸帶著鋤頭跟在後面，用泥土蓋住種子，以免鳥兒啄食，因為管理得好是凡人的至善，反之則是凡人的極惡。這樣做，如果奧林波斯之王宙斯允許一個善果，你的麥穗就會粒大實滿，頻頻向大地鞠躬致意。這時候，你要打掃穀倉，消除蜘蛛網。在你吃著穀倉中的餘糧時，我相信你會覺得高興的。直到灰色的春季①，你仍然家有餘糧，不需要焦急求人，只有別人需要你的幫助。

但是，如果你到太陽回歸時②才耕種肥沃的田地，你將坐在地上收割③，手裡抓起的是一把細細的麥稈，紮起來只是一捆亂草，還沾滿泥土，沒有一點快樂可言。只要一只籃子，你就可以把全部收穫統統裝回家，幾乎沒有人羨慕你。不過，神盾持有者宙斯的意願也因時而異，凡人很難說定。因為如果你耕種得晚一點，你也有可能碰巧得

465

470

475

480

①因為嫩芽尚未脫去灰色的舊殼。——英譯者，但πολιός亦可譯為「陽光燦爛的」。
②在陽曆 12 月份，冬至。——英譯者
③指麥稈矮小。

485　到補救；也就是說，當布穀鳥第一次鳴叫於橡樹之間①、
　　無涯大地上的人類都為之高興時，如果宙斯在第三天送來
490　雨水，並且下個不停、直到地上水深剛好齊牛蹄，不多也
　　不少，這樣，晚耕的人就可望與早耕種的人獲得同樣好的
　　收成。你要把這一切牢記心間，尤其要注意灰色的春季和
　　雨季的來臨。

　　　　在冷得無法下田幹活的冬季，別貪圖鐵匠鋪子和人多
495　的旅店暖和而待在那些去處（因為這時，勤勞者可以使自
　　己的家室十分興旺），以免嚴寒的冬天使你貧窮而無助，
　　以免被迫用消瘦了的手去擦熱自己腫起的腳。然而，抱著
　　虛無縹渺的希望的懶漢，因缺乏生活來源心裡想起做壞
500　事。對於一個沒有生活保障而還貪圖安樂的匱乏者來說，
　　伴隨著他的不是一個有益的希望。

　　　　尚在仲夏時，你就應該吩咐你的奴隸：「夏天不會常
　　駐，動手建造穀倉吧！」

505　　　　要避開勒那昂月②的不幸日子，這個月中每天都可能
　　有牛凍死。北風之神在大地上吹著寒氣，人類便會嘗到霜
　　天雪地的苦頭。北風越過馬群遍地的色雷斯，吹到廣闊的

---

①2月。
②在陽曆1月下旬和2月上旬。——英譯者

大海上，攪得海水洶湧翻滾，所到之處，大地森林發出吼聲，山谷中枝葉繁茂的高大橡樹和粗壯的松樹連根拔起倒在豐產的大地上，濃密的森林發出呼嘯，野獸冷得發抖、尾巴夾到兩腿之間，甚至身上長有濃厚毛層的動物也是如此，儘管它們胸毛厚密，北風的寒氣也能吹進它們的心窩。寒氣甚至穿透牛的皮層而不受阻擋，也吹進毛層細密的山羊體內。但是，北風絕不能把寒光透進綿羊體內，因為它們身上長有大量絨毛。寒光使老年人冷得縮成一團，但卻凍不了嬌嫩的少女，她們待在屋裡，依偎著親愛的媽媽，還不知道金色女神阿佛洛狄特所做的事情：在一個寒冷的冬日，她洗完柔軟的身體，塗上橄欖香油，躺在室內自己的房間裡，不知道這時候烏賊魚正畏縮在自己沒有生火的屋裡或沒有歡樂的家裡，啃咬自己的腳尖。太陽告訴他不去任何地方，而只去黑人的土地和城市，更加懶洋洋地照耀著整個希臘種族。那時候，森林裡有角無角的動物全都可憐地冷得牙齒打顫，穿過沼澤地而逃，一心只想找到一處濃密的樹叢或一個岩洞作藏身之所。但是，他們都像手拄拐杖、駝背弓腰的老人一般，無處藏身以躲過冰天雪地的時光。

510

515

520

525

530

535

　　在這個季節裡，為了保護自己的身體，你應該像我吩咐你的那樣，穿一件軟質上裝、一件長袍。你的衣料應該在細細的經線上織上厚厚的緯線。穿著這種衣服，你周身的汗毛可依然如故，不致於冷得豎起來。你得繫緊正好合

540

腳的靴子。靴子要用牛皮做成，裡面要襯一層厚厚的毛氈。霜天雪地的季節來臨時，你得用牛筋線把初生山羊的皮縫好，穿在身上以防雨；頭上要戴一頂毛氈製成的帽子，不讓你的耳朵淋雨。在北風之神已經降臨之後，黎明時辰特別寒冷，清晨有益的霧氣從繁星點綴的天庭彌漫到大地上有福者的田野。當色雷斯的北風驅趕厚厚的雲層時，長流不息的江河上的霧氣被它高高捲起吹送到陸地上，有時在黃昏時刻凝結成雨，有時則形成狂風。為了避過這陣風，你要趕緊做完活兒及早回家，以免自天而降的烏雲裹住了你，淋濕你的衣服而使你的身體著涼。要避過冬季，這是最艱難的月份，對人和羊都一樣。在這個季節裡，為牛只要準備是平常一半的飼料即可，但給家裡人準備的糧食要多些，因為夜長可以幫助你節省。你要注意以上所說的一切，直到這一年結束，黑夜和白晝長度變得相等，萬物之母的大地又帶來豐富多樣果實的時節。

宙斯結束了太陽回歸①後的寒冷六十天，牧夫座第一次於黃昏時分光彩奪目地從神聖的大洋河上升起②，潘狄翁③的尖聲悲悼的女兒——燕子繼之飛進了人類的視野，春季便降臨人間。要在她到來之前修剪葡萄藤，這樣做比較好。

---

① 在冬至日左右。
② 在陽曆 2-3 月間。——英譯者
③ 愛奧尼亞傳說中的英雄，雅典的第一代王。

當蝸牛從地下爬到植物上①以躲避阿特拉斯的七個女兒時，這就不再是葡萄園鬆土的季節了，而是磨礪鐮刀，叫醒奴隸準備收割的時候了。在太陽烤得人難受的收穫季節，不 575
要躲在陰涼處坐地，不要一直睡到大天亮。那時節，你應該天天早起，抓緊時間把收穫物運回家。只有這樣，你的生計才能有保障。一個人早晨幹的活兒能占全天的三分之一。早
晨是外出的人趕路的最好時辰，也是勞動者幹活兒的最好時 580
辰；事實上，許多人趁早晨趕路，許多牛趁早晨耕田。

　　在菊芋開花時節②，在令人困倦的夏季裡，蟬坐在樹上不停地振動翅膀尖聲嘶叫。這時候，山羊最肥，葡萄酒 585
最甜；婦女最放蕩，男人最虛弱。那時天狼星烤曬著人的腦袋和膝蓋，皮膚熱得乾燥。在這時節，我但願有一塊岩石遮成的陰涼處，一杯畢布利諾斯的美酒，一塊乳酪以及老山羊的奶，未生產過小牛的放在林間吃草的小母牛的肉 590
和初生山羊的肉。我願坐在陰涼下喝著美酒，面對這些美饌佳肴心滿意足；同樣，我願面對清新的西風，用常流不息的潔淨泉水三次奠水，第四次奠酒。 595

　　大力氣的奧利安一出現③，你就要催促你的奴隸們在

①時令約在陽曆的 5 月中旬。——英譯者
②在陽曆 6 月份。——英譯者
③時當 7 月。奧利安 Ὠαρίων(Ὠρίων)希臘神話中健美的獵人，天文學中的獵戶座。

600　一個空闊地方的一塊平滑的場地上揚淨地母神賜予的穀
　　物。過秤後要貯藏在罈罈罐罐裡。當你已把生活所需的全
　　部食物妥善地貯備在家裡時，我勸你趕走一個雇工，挑選
　　一名沒有孩子的女僕，因為有孩子的女僕要照料孩子，會
605　帶來麻煩。你要關心牙齒參差不齊的狗，不要克扣它的食
　　物，以防盜賊偷走你的東西。同時，你也要為牛和騾準備
　　充足的飼料和褥草。此後，你就要讓你的奴隸們休息他們
　　可憐的膝蓋，從耕牛頸上卸下軛頭也讓它們休息。

610　　　　當獵户座和天狼星走進中天，牧夫座黎明時出現在玫
　　瑰色的天庭時①，佩耳塞斯啊，你要採摘葡萄，並把它們
　　拉回家；在陽光下曬十天十夜，再捂蓋五天，第六天把快
　　樂的狄俄尼索斯的這些禮品裝進器皿。但是，當普勒阿得
615　斯、許阿得斯②和有力的奧利安開始降落時③，要記得及時
　　耕地。於是，剛好完成了斗換星移的一年過程。

　　　　如果你想起要作不舒服的遠航……當普勒阿得斯為逃
620　過奧利安的巨大氣力躲入重霧的大海時④，各種風暴一定
　　開始肆虐。此時，你不要再航行於起泡沫的海面上了，要
　　記住我的囑咐，還是去耕耘你的田地。把船拉上岸，用石

　　────────────

①在陽曆 9 月份。──英譯者
②金牛座的七顆星。
③在陽曆 10 月末。
④在陽曆 10 月末或 11 月份。──英譯者

塊堆積在船的四周，以阻擋潮濕風浪的威力，抽出船底 625
板，別讓雨水把它泡爛了。把所有船具卸下來搬進屋裡，
整潔地收藏好航海用的風帆，把好使的船舵高掛在煙之
上。你就這麼等著，等到航海季節到來時，再把船拉到海 630
邊，裝上貨物出海，這樣你可以用它獲利。愚蠢的佩耳塞
斯啊，要像你我的父親一樣常常揚帆出海以尋找充足的生 635
活來源。有一次他從愛奧尼亞的庫莫越過廣闊的海域來到
這個地方，不是逃避富裕和幸福，而是為了逃離宙斯加給
人們的可怕貧窮。他定居在赫利孔山附近的一個貧窮村落
阿斯克拉，這地方冬季寒冷，夏季酷熱，風和日麗之日猶
如鳳毛麟角。 640

佩耳塞斯，你不但要注意所有農活的時令，尤其要記
住適宜航海的季節。小船只供玩賞，裝載貨物要用大船。
在一帆風順的情況下，裝貨越多，獲利越多。 645

一旦你把自己那顆迷誤的心撥正到做買賣上，希望避
免債務和不快的飢餓時，我將告訴你波濤洶湧的大海的節
律，儘管我沒有航海和駕船技術，因為我還從未乘船到過 650
寬廣的海域，僅僅從奧利斯（從前阿凱亞人結集起一支強
大的軍隊從神聖的希臘開往出產美女的特洛伊時，曾因遇
到風暴而停留在這裡。）去過歐波亞，那次我去卡爾克斯
參加智慧的安菲達瑪斯的葬禮競技會，會上這位品德高尚 655
的英雄的後代宣布和頒發了獎品。高興的是我因唱一首讚

歌而獲獎，拿走了一只有把兒的青銅三腳鼎，我把它獻給
了赫利孔山的文藝女神，因為正是她們在這山上首次指引
660　我走上歌唱的道路。我的全部乘船經歷就是這些。不過我
還要把持盾者宙斯的心願告訴你，因為文藝女神已教會我
吟唱奇妙的聖歌。

665　　　當令人厭倦的炎熱季節漸漸結束時，太陽回歸①後五
十天，是人類航海的最佳季節。這時候，你的船隻不會受
到損壞，大海也不會溺死水手，除非搖撼大地之神波塞頓
670　或眾神之王宙斯存心加害於你，因為結局好壞同樣都由他
們而定。那時，和風輕拂，大海無害於航行。你儘管放心
地相信風神，把快船下到大海裡，並把你所有的貨物裝到
船上去，無需顧忌。但是，你要盡快返家，不要等到新鮮
675　葡萄酒上市，秋雨季節以及南風神的可怕風暴的來臨。這
時伴隨著宙斯的滂沱秋雨而來的南風攪動著海面，帶來極
大的危險。

　　　人類還可以在春季航行，當無花果樹頂上的嫩枝頭剛
680　剛抽出像烏鴉腳印大小的嫩葉時，可以駕船出海。這是春
天的航海時機。我不稱讚春季航海，因為我心裡不歡喜
它，這個季節航海要碰運氣，很少逃避得了厄運。然而，
有的人由於無知也會這樣做。錢財是窮人的生命，但是，

①在陽曆 7-8 月間。

死在波濤中是可怕的。我囑咐你要像我說的那樣在心裡琢 ⁶⁸⁵
磨所有這一切。你不要把全部的貨物都放到空空的船上
去，留下的部分要多一些，放在船上的部分要少些。在波 ⁶⁹⁰
濤中碰上災難是一件壞事，這就像把一大宗貨物放在一輛
大車上，車軸壓斷貨物毀壞一樣。你要把握好尺度，在諸
事中適當是最佳原則。

695 　　**你** 應該在風華正茂的 30 歲左右娶妻完婚，別太早
也別太遲了。這是適時的婚姻。女性在青春期之
後四年才發育成熟，在第五年應娶她過門。要娶一位少
女，以便你可以教會她謹慎為人。最好娶一位鄰近的姑
700 娘，但是要謹慎，免得你的婚姻成為鄰居們的笑柄。娶到
一位賢惠的妻子勝過獲得其他任何東西，沒有比娶一位品
行惡劣的老婆更糟糕的了。好吃懶做，不顧丈夫死活的妻
705 子會促使其夫過早的衰老。

　　不要惹永生諸神生氣，不要把朋友當作兄弟。如果你
這樣做，不要先冒犯他，也不要用說謊來開玩笑。如果他
710 先得罪你，不論是說了壞話還是做了壞事，你要記住予以
加倍報復。如果他願意與你言歸於好，並打算給予補償，
你應愉快接受。交朋友朝秦暮楚的人是沒有價值的，至於
你自己，則應待人以誠。

715 　　不要讓人覺得你濫交朋友，或無友上門；也不要讓人
覺得你與惡人為伍，或與善者作對。

　　永遠不要隨便責備一貧如洗、苦受煎熬的人，因為貧
720 窮是永生神靈給予的。人類最寶貴的財富是一條慎言的舌
頭，最大的快樂是它的有分寸的活動。如果你說了什麼壞
話，你不久就將聽到有關你的更大的壞話。

賓客眾多的聚會，即使宴會普通，你也要受之如常，因為這種宴會花費最少，快樂最多。

　　不要在黎明後不洗手便給宙斯澆奠芳洌的美酒，同樣也不要給其他的不朽神靈奠酒；否則他們不聽你的禱告，反而唾棄禱告者。　725

　　不要面對太陽筆直地站著解小便，要記住在日落到日出這段時間裡幹這事；不要在行路時解小便，無論在路上還是在路旁；不要赤身裸體；黑夜屬於快樂的神靈。一個　730
心智發達的細心人，他們總是坐下來，或者走到一個封閉庭院的牆角下做這事。

　　不要在家中爐灶旁暴露個人不潔的陰私部位，要設法避免這事發生。不要在參加不祥的葬禮返回後生育子女，　735
要在參加神聖的祭神節慶後生育後代。

　　你得眼睛看著美好的河水作過禱告，又在此清澈可愛的水中把手洗淨之後，才能蹚涉這條常流不息的潺潺的流水。無論是誰過河，倘若帶著一雙沒有洗淨邪惡的手，諸神都會對他生氣，並在以後給他增添麻煩。　740

　　不要在歡樂的祭神節日裡用燒紅的剪刀修剪五個指頭上的指甲。

酒宴時不要把長柄勺子放在調酒用的碗裡，因為厄運往往由此而生。

建造房屋不要造得馬虎粗糙，否則叫聲難聽的烏鴉會落在上面聒噪。

不要從不潔淨的器皿裡拿東西吃或取水洗手洗臉，因為這類器皿裡藏有災禍。

不要讓一個十二天的男孩坐在聖物上，這樣做非常有害，因為這會使他喪失男子氣；也不要讓一個剛滿十二個月的男孩這樣做，理由同上。男人不應該用女人用過的水洗澡，否則他會因之在某個時候遭到深重的災難。如果你碰巧看見正在焚燒的祭物，不要嘲笑這種秘儀，否則神也會對你生氣。不要在河流入海處小便，也不要往噴泉裡小便，要注意避免這種事情發生；也不要在這些地方大便，這樣做是很不適宜的。

同樣，要提防謠言。謠言是邪惡，容易滋生傳播，但受害者卻苦不堪言，消除它困難重重，傳播的人多了，謠言永遠不會乾淨全部地消失，甚至在某種情況下成為真理。

你要謹守宙斯賦予的這些時日，適當地告知你的奴 765
隸們：一個月的第三十天是巡察工作和分配糧食
的最好時日。

須知，下述這些日子是無所不知的宙斯定下的，只要 769
人們能不把它們搞錯了。 768

首先，每月的第一、第四、第七天皆是神聖之日。第 770
七天是勒托生下佩帶金劍的阿波羅的日子。第八天、第九
天——上旬裡至少這兩天是特別有利於人類勞動的。十一日
和十二日兩天都是好日子，無論用於剪羊毛，還是用來收穫 775
喜人的果實；但十二日比十一日更好，因為這一天，在空中
盪秋千的蜘蛛整天編織自己的網絡，螞蟻聚成堆，這一天婦
女應搭起織機，開始自己的工作。

不要在上旬的第十三日①開始播種（穀物），但這一 780
天最適宜移栽（植物）。

每月中旬的第六天非常不利於植物，但有利於男孩降
世，雖然也不利於女孩出生，不利於姑娘出嫁。每月上旬 785
的第六天不適宜女嬰出世，但適宜閹割山羊和綿羊，也是
建築綿羊圍欄的好日子。這天適宜男孩降世。但是，那天

①這是波俄提亞農民的稱法，阿提克人稱之為中旬的第一日。

出生的人將喜歡挖苦、說謊、狡辯和私通。

790　　　　應在每月第八天閹割公豬和吼叫的公羊，在第十二天閹割耐使的騾子。

　　　　在偉大的第十二天，聰明人應該誕生，這樣的人最有深謀遠慮。每月第十天是男性降生的吉祥日，每月中旬的
795　第四天是女性降生的吉祥日。在那天，你用手撫摸馴服綿羊、蹣跚長角的牛、牙齒鋒利的狗和肥壯的騾子。但是在上旬和下旬的第四天，你要小心避免使你痛心的麻煩，這是一個命運攸關的日子。

800　　　　每月第四天可以娶媳婦過門，但必須要選一個有這種喜事吉兆的第四日。

　　　　要躲過每月第五天，因為這些天艱難可怕。在某個月的第五天，據說厄里倪厄斯①曾幫助了誓約女神的降生，而誓約女神是厄利斯②生下來追究偽誓者的。

805　　　　要小心謹慎在每月中旬的第七天把德墨忒爾賜予的穀物扔到圓形脫穀場上，伐木工要砍伐建房用的木材和許多

---

①復仇女神。見《神譜》185 行。
②希臘神話中的不和女神。見《神譜》225 行和 231 行。

適宜造船用的木料。在第四天開始建造狹長的舟船。

　　每月中旬第九天愈晚愈好，但上旬的第九天完全無害 810
於人類，這天無論對男性還是女性都是出生的吉祥日，永
遠不是一個完全不吉祥的日子。

　　然而，幾乎沒有人知道每月第二十七天最利於打開酒 815
罈，給牛、騾和快馬套上軛頭，以及把具有許多槳位的快
船拖到葡萄紫色的大海上去。幾乎沒有人能說出它的真名
字。

　　要在每月第四天打開罈塞。每月中旬的第四天是一個
最為神聖的日子。此外幾乎沒有人知道每月第二十日之後
的第四天，其早晨最好，傍晚欠佳。 820

　　以上說的這些日子對大地上的人是一大恩典。其餘日
子捉摸不定，不那麼吉利，不帶來任何東西。每個人都有
自己特別喜歡的日子，但幾乎沒有人能說出究竟為什麼。
一個日子有時像一位繼母，有時又像一位親娘。一個人能 825
知道所有這些事情，做自己本分的工作，不冒犯永生的神
靈，能識別鳥類的前兆和避免犯罪，這個人在這些日子裡
就能快樂，就能幸運。

神　譜

讓我們從赫利孔的繆斯開始歌唱吧，她們是這聖山的主人。她們輕步漫舞，或在碧藍的泉水旁或圍繞著克洛諾斯之子、全能宙斯的聖壇。她們在珀美索斯河①、馬泉或俄爾美俄斯泉沐浴過嬌柔的玉體後，在至高的赫利孔山上跳起優美可愛的舞蹈，舞步充滿活力。她們夜間從這裡出來，身披濃霧，用動聽的歌聲吟唱，讚美宙斯——神盾持有者，讚美威嚴的赫拉——亞哥斯②的腳穿金鞋的女神，以及神盾持有者宙斯的女兒明眸的雅典娜，還有福玻斯·阿波羅、喜愛射箭的阿爾忒密斯、大地的浮載者和搖撼者波塞頓、可敬的忒彌斯③、眼波撩人的阿佛洛狄特、金冠的赫柏、漂亮的狄俄涅、勒托④、伊阿佩托斯⑤和狡猾的克洛諾斯、厄俄斯⑥、偉大的赫利俄斯和明亮的塞勒涅，她們也歌頌該亞、偉大的俄刻阿諾斯、黑暗的紐克斯，以及其他永生不朽的神靈。曾經有一天，當赫西俄德正在神聖的赫利孔山下放牧羊群時，繆斯教給他一支光榮的歌。也正是這些神女——神盾持有者宙斯之女，奧林波斯的繆斯，曾對我說出如下的話，我是聽到這話的第一

① 赫利孔山、珀美索斯河、馬泉、俄爾美俄斯泉都是文藝女神繆斯的聖地。珀美索斯河位於玻俄提亞境內，發源於赫利孔山，流入科巴伊克湖。
② 神后赫拉的主要崇拜地。
③ 忒彌斯是提坦女神之一（135 行），宙斯妻，時序女神和命運女神之母（901-906 行）。
④ 狄俄涅是大洋神女之一。（353 行）勒托是提坦神之女，（406 行）阿波羅和阿爾忒密斯之母（918-920 行）。
⑤ 伊阿佩托斯，提坦神之一，普羅米修斯的父親。
⑥ 厄俄斯，黎明女神，日神赫利俄斯和月神塞勒涅的姊妹。

人：

> 「荒野裡的牧人，只知吃喝不知羞恥的傢
> 伙！我們知道如何把許多虛構的故事說得像真
> 的，但是如果我們願意，我們也知道如何述說真
> 事。」

偉大宙斯的能言善辯的女兒們說完這話，便從一棵粗
壯的橄欖樹上摘給我一根奇妙的樹枝，並把一種神聖的聲
音吹進我的心扉，讓我歌唱將來和過去的事情。她們吩咐
我歌頌永生快樂的諸神的種族，但是總要在開頭和收尾時
歌唱她們——繆斯自己。但是，為什麼要說這一切關於橡
樹或石頭的話呢？①

來吧，讓我們從繆斯開始。她們用歌唱齊聲述說現
在、將來及過去的事情，使她們住在奧林波斯的父神宙斯
的偉大心靈感到高興。從她們的嘴唇流出甜美的歌聲，令
人百聽不厭；她們純潔的歌聲傳出來，其父雷神宙斯的殿
堂也聽得高興，白雪皚皚的奧林波斯山峰、永生神靈的廳
堂都繚繞著回音。她們用不朽的歌聲從頭唱起，首先讚頌
可敬的神的種族——大地和廣天結合生下的那些神靈——
一切有用之物的賜予者，其次在歌曲開始和結束時歌唱諸
神和人類之父宙斯，稱讚他是神靈中之最卓越者、最強有

---

①這是一句諺語，意思是：「為什麼要多說離題的話呢」？

力。此外，她們還歌頌人類和巨人，在奧林波斯取悅宙斯 50
的心靈——她們是奧林波斯的繆斯，神盾持有者宙斯的女
兒們。

　　統治厄琉塞爾山丘的記憶女神謨涅摩緒涅在皮埃里亞
生了她們①，她和克洛諾斯之子宙斯結合生下她們——没 55
病没痛無憂無慮的九個神女。英明的宙斯和她同寢九夜，
遠離眾神睡在她那聖床上。隨著一個月一個月的流逝，同
樣的季節又回來了，一年過去了，過了這許多許多的日
子，她生下了九個女兒（她們有一樣的思想，都愛好歌
曲，她們的心靈一樣地無憂無慮）。她們就生在離冰雪覆 60
蓋的奧林波斯山最高峰很近的地方，那裡有她們明亮的舞
蹈場地、漂亮的住處，美惠神女和願望之神愉快地與之為 65
鄰。她們口吐優美歌聲，用歌聲讚美萬物的法則和不朽眾
神的美好生活方式；然後，她們滿意自己有一副甜美的歌
喉，唱著神聖的歌曲走上奧林波斯山巔。她們吟唱時，黑
暗的大地在她們身邊發出回音；她們去見父神時，美妙的
歌聲從她們腳下升起。宙斯用武力推翻了自己的父親克洛 70
諾斯後，那時正統治著天宇。他自己擁有閃電和霹靂，公
平地給眾神分配了財富，宣布了榮譽。

　　因此，住在奧林波斯山上的繆斯——偉大宙斯的九個 75

①因此皮埃里亞成了崇拜繆斯的發源地。（《工作與時日》第1行）

女兒歌頌這一切。她們的名字是：克利俄、歐忒耳佩、塔利亞、墨爾波墨涅、忒耳普霍瑞、厄拉托、波呂姆尼亞、烏剌尼亞、卡利俄佩。卡利俄佩是她們大家的首領，她總

80　是陪伴著受人尊敬的巴西琉斯①。偉大宙斯的女兒們尊重宙斯撫育下成長的任何一位巴西琉斯，看著他們出生，讓他們吮吸甘露，賜予他們優美的言詞。當他們公正地審理

85　爭端時，所有的人民都注視著他們，即使事情很大，他們也能用恰當的話語迅速作出機智的裁決。因此，巴西琉斯們是智慧的。當人民在群眾大會上受到錯誤引導時，他們

90　和和氣氣地勸說，能輕易地撥正討論問題的方向。當他們走過人群聚集的地方時，人們對他們像對神一般地恭敬有禮；當人民被召集起來時，他們鶴立雞群，是受人注目的人物。繆斯給人類的神聖禮物就是這樣。正是由於繆斯和遠射者阿波羅的教導，大地上才出了歌手和琴師。巴西琉

95　斯則是宙斯的學生，繆斯友愛的人是快樂的，甜美的歌聲從他的嘴裡流出。如果有人因心靈剛受創傷而痛苦，或因

100　受打擊而恐懼時，只要繆斯的學生——一個歌手唱起古代人的光榮業績和居住在奧林波斯的快樂神靈，他就會立刻忘了一切憂傷，忘了一切苦惱。繆斯神女的禮物就會把他的痛苦抹去。

105　　　光榮屬於你們，宙斯的孩子們！高唱美妙的歌曲讚頌

---

①卡利俄佩分管史詩。

永生不死的神聖種族吧！他們是大地女神該亞、星光燦爛
的天神烏蘭諾斯和黑暗的夜神紐克斯的子女，以及鹹苦的
大海蓬托斯所養育的後代。首先請說說諸神和大地的產生
吧！再說說河流、波濤滾滾的無邊大海、閃爍的群星、寬
廣的上天，（以及他們所生的賜福諸神的來歷吧！）① 110
說說他們之間如何分割財富如何分享榮譽，也說說他們最
初是怎樣取得重巒疊嶂的奧林波斯的吧！你們，住在奧林
波斯的繆斯，請你們從頭開始告訴我這些事情，告訴我，
他們之中哪一個最先產生。 115

---

①此行為有的抄本所無。——英譯者

最先產生的確實是卡俄斯（混沌），其次便產生該亞——寬胸的大地，所有一切〔以冰雪覆蓋的奧林波斯山峰為家的神靈〕①的永遠牢靠的根基②，以及在道路寬闊的大地深處的幽暗的塔耳塔羅斯、愛神厄羅斯——在不朽的諸神中數她最美，能使所有的神和所有的人銷魂蕩魄呆若木雞，使他們喪失理智，心裡沒了主意。從混沌還產生出厄瑞玻斯③和黑色的夜神紐克斯；由黑夜生出埃忒耳④和白天之神赫莫拉，紐克斯與厄瑞玻斯相愛懷孕生了他倆。大地該亞首先生了烏蘭諾斯——繁星似錦的皇天，他與她大小一樣，覆蓋著她，周邊銜接。大地成了快樂神靈永遠穩固的逗留場所。大地還生了綿延起伏的山脈和身居山谷的自然神女紐墨菲的優雅住處。大地未經甜蜜相愛還生了波濤洶湧、不產果實的深海蓬托斯。後來大地和廣天交合，生了渦流深深的俄刻阿諾斯、科俄斯、克利俄斯、許佩里翁、伊阿佩托斯、忒亞、瑞亞、忒彌斯、謨涅摩緒涅以及金冠福柏和可愛的忒修斯⑤。他們之後，狡猾多計的克洛諾斯降生，他是大地該亞所有子女中最小但最可怕的一個，他憎恨他那性欲旺盛的父親。

---

①柏拉圖、亞里士多德等不知有此行。顯然是偽文。——英譯者

②在赫西俄德的宇宙觀中，大地是一個圓盤，周圍是大洋河俄刻阿諾斯，大地飄浮在廣闊的水域上。大地被稱作萬物之根基，因為不僅樹木、人類、動物，甚至山丘和海洋都依賴於它。——英譯者

③厄瑞玻斯是「黑暗」的化身。

④埃忒耳是「光明」的化身。

⑤前五個是男性，後六個是女性，連同克洛諾斯（男）共為六男六女。

大地還生了勇敢無比的庫克洛佩斯——贈給宙斯雷 140
電、為宙斯製造霹靂的布戎忒斯、斯忒羅佩斯和無比勇敢
的阿耳戈斯①。他們都只有一隻眼睛，長在前額中間，除
此而外，一切方面都像神。由於他們都僅有一隻圓眼長在 145
額頭上，故又都號稱庫克洛佩斯②。他們強壯有力、手藝
精巧。

該亞和烏蘭諾斯還生有另外三個魁偉、強勁得無法形
容的兒子，他們是科托斯、布里阿瑞俄斯和古埃斯——三
個目空一切的孩子。他們肩膀上長出一百隻無法戰勝的臂 150
膀，每人的肩上和強壯的肢體上都還長有五十個腦袋。他
們身材魁偉、力大無窮、不可征服。在天神和地神生的所
有子女中，這些人最可怕，他們一開始就受到父親的憎
恨，剛一落地就被其父藏到大地的一個隱秘處，不能見到 155
陽光。天神十分欣賞自己的這種罪惡行為。但是，廣闊的
大地因受擠變窄而內心悲痛，於是想出一個巧妙但罪惡的 160
計畫。她即刻創造了一種灰色燧石，用它做成一把巨大的
鐮刀，並把自己的計謀告訴給了親愛的兒子們。她雖然內
心悲傷，但還是鼓動他們，說道：

「我的孩子，你們有一位罪惡的父親，如果

---

①布戎忒斯是雷霆，斯忒羅佩斯是閃電，阿耳戈斯是雷電隆隆之聲。——英
譯者
②意為「圓目者」。——英譯者

　　你們願意聽我的話，讓我們去懲罰你們父親的無

　　恥行徑吧！是他最先想出作起無恥之事的。」

　　她說了這番話之後，孩子們全被恐懼所支配，無人敢於

開口。但狡猾強大的克洛諾斯鼓起勇氣回答了親愛的母親：

　　　　「媽媽，我答應你做這個事情，因為我看不

　　起臭名昭著的父親，是他最先想出做無恥之事

　　的。」

　　聽了克洛諾斯這樣的回答，地神該亞欣喜萬分，安排

他埋伏在一個地方，交給他一把缺口如鋸齒的鐮刀，並向

他和盤托出了整個計畫。

　　廣大的天神烏蘭諾斯來了，帶來夜幕，他渴求愛情，

擁抱大地該亞，展開肢體整個地覆蓋了大地①。此時，克

洛諾斯從埋伏處伸出左手，右手握著那把有鋸齒的大鐮

刀，飛快地割下了父親的生殖器，把它往身後一丟，讓它

掉在他的後面。它也沒白白地從他手裡丟掉，由它濺出的

血滴入大地，隨著季節的更替，大地生出了強壯的厄里倪

厄斯②和穿戴閃光盔甲、手執長矛、身材高大的癸干忒斯③，

---

①這個神話解釋了天與地之分離。在埃及人的宇宙觀中，Nut（天空）被她的
　父親 Shu 刺得與其弟 Geb（地）分開了，這個 Shu 就相當於希臘神話中的
　阿特拉斯。——英譯者
②復仇女神。
③巨靈神族或「巨人族」。

以及整個無垠大地上被稱作墨利亞①的自然神女們。克洛諾斯用燧石鐮刀割下其父的生殖器，把它扔進翻騰的大海後，這東西在海上飄流了很長一段時間，忽然一簇白色的浪花從這不朽的肉塊周圍擴展開去，浪花中誕生了一位少女。起初，她向神聖的庫忒拉靠近；爾後，她從那兒來到四面環海的塞浦路斯。在塞浦路斯，她成了一位莊重可愛的女神，在她嬌美的腳下綠草成茵。由於她是在浪花（「阿佛洛斯」）中誕生的，故諸神和人類都稱她阿佛洛狄特〔即「浪花所生的女神」或「庫忒拉的華冠女神」〕②；由於到過庫忒拉，因此也稱「庫忒瑞亞」；又因為出生在波濤滾滾的塞浦路斯，故又稱塞浦洛格尼亞；又因為是從男性生殖器產生的，故又名「愛陰莖的」。無論在最初出生時還是在進入諸神行列後，她都有愛神厄羅斯和美貌的願望女神與之為伴。她一降生便獲得了這一榮譽。她也在神和人中間分得了一份財富，即少女的竊竊私語和滿面笑容，以及伴有甜蜜、愛情和優雅的欺騙。

偉大的烏蘭諾斯父神在責罵自己生的這些孩子③時，常常用渾名稱他們為提坦（緊張者）。他說他們曾在緊張中犯過一個可怕的罪惡，將來要受到報應的。

190

195

200

205

210

---

① 參見《工作與時日》145 行注。

② 這一行可能見於別一修訂本。海因(Heyne)主張刪去它，因為它有礙行文順暢。——英譯者

③ 複數形式 παῖδες 可作「兒子」解。

夜神紐克斯生了可恨的厄運之神、黑色的橫死之神和死神，她還生下了睡神和夢囈神族。儘管沒有和誰結婚，黑暗的夜神還生了誹謗之神、痛苦的悲哀之神和赫斯佩里得斯姊妹①。赫斯佩里得斯看管著光榮大洋俄刻阿諾斯彼岸好看的金蘋果和果實累累的樹林。黑夜還生有司掌命運和無情懲罰的三女神——克洛索、拉赫西斯和阿特洛泊斯②。這三位女神在人出生時就給了他們善或惡的命運，並且監察神與人的一切犯罪行為。在犯罪者受到懲罰之前，她們絕不停止可怕的憤怒。可怕的夜神還生有折磨凡人的涅墨西斯③，繼之，生了欺騙女神、友愛女神、可恨的年齡女神和不饒人的不和女神。

惡意的不和女神④生了痛苦的勞役之神、遺忘之神、飢荒之神、多淚的憂傷之神、爭鬥之神、戰鬥之神、謀殺之神、屠戮之神、爭吵之神、謊言之神、爭端之神、違法之神和毀滅之神，所有這些神靈本性一樣。此外，不和女神又生了誓言女神，如果世人存心設假誓欺騙別人，她會糾纏不止。

---

①四或七位女神的總稱，住在極西方，在蟒蛇拉冬(Λάδων)的幫助下看守金蘋果。拉冬即335行所說的蛇妖。

②克洛索紡生命之線，拉赫西斯為每個人安排命運；阿特洛泊斯是帶有可怕剪刀的報復女神。按前一職司，她們合稱摩伊賴(Μοίραι)；按後一職司，合名凱來斯(Κῆρες)。

③報應女神。

④引起特洛亞戰爭者。

涅柔斯是大海蓬托斯的長子，他誠實有信。由於他值得信賴、和藹可親、不忘正義、公正善良，故人們稱他₂₃₅「長者」。蓬托斯和大地女神該亞結合生下了寬闊的陶馬斯、傲慢的福耳庫斯、臉蛋漂亮的刻托和鐵石心腸的歐律比亞。

涅柔斯和環流大洋俄刻阿諾斯之女秀髮的多里斯結₂₄₀合，在不產果實的大海裡生下了許多孩子①。她們是普洛托、歐克拉忒、薩俄、安菲特里忒、奧多拉、忒提斯、伽勒涅、格勞刻、庫姆托厄、斯佩俄、托厄、可愛的哈利厄、帕西忒亞、厄拉托、玫瑰色臂膀的歐里刻、優雅的墨₂₄₅利忒、歐利墨涅、阿高厄、多托、普羅托、斐魯薩、狄拉墨涅、尼薩亞、阿克泰亞、普洛托墨狄亞、多里斯、潘諾佩亞、漂亮的伽拉泰亞、可愛的希波托厄、玫瑰色臂膀的₂₅₀希波諾厄，還有庫摩多刻——她能和庫瑪托勒革以及美踝的安菲特里忒一起輕而易舉地在霧氣濛濛的海面上平息波浪和陣陣狂風；此外，還有庫摩、厄俄涅、頭冠豪華的阿利墨德、愛笑的格勞科諾墨、蓬托波瑞亞、勒阿革瑞、歐₂₅₅阿革瑞、拉俄墨狄亞、波呂諾厄、奧托諾厄、呂西阿娜薩、形體完美無瑕的歐阿涅、身材迷人的普薩瑪忒、神聖₂₆₀的墨尼珀、涅索、歐波摩珀、忒彌斯托、普羅諾厄、心靈

---

① 根據海的各種不同特徵和方面而產生的許多名字：伽勒涅是「平靜」、庫姆托厄是「波浪」、斐魯薩和狄拉墨涅是速度和力量。──英譯者

像她不死的父親的涅墨耳提斯①。以上這五十位神女都是擅長技藝，無可指責的涅柔斯的女兒。

265　　陶馬斯和深深洋流俄刻阿諾斯之女厄勒克特拉結為夫妻，生了快速的伊里斯和長髮的哈耳皮厄。哈耳皮厄是兩個神，一個名叫埃洛（急風暴雨），另一個名叫俄庫珀忒（快飛者），她們有翅膀，能和疾風飛鳥比速度，快得像飛逝的時光。

270　　刻托給福耳庫斯生下了面孔迷人的格賴埃姐妹，她們一生下來就頭髮灰白。不死的神靈和大地上的人類都叫她們格賴埃。她們是衣著華麗的彭菲瑞多和袍色桔紅的厄倪俄。刻托和福耳庫斯還生了戈耳戈。戈耳戈居住在光榮大洋俄刻阿諾斯的彼岸——嗓音清晰的赫斯佩里得斯姊妹也
275　住在這裡——與黑夜之地相接的地方。她們是斯忒諾、歐律阿勒和命運悲慘的墨杜薩。墨杜薩是會死的凡人，斯忒諾和歐律阿勒則常生不老。黑髮波塞頓曾和墨杜薩躺在一塊鮮花盛開的草地上睡覺。珀爾塞斯砍掉她的頭顱後，從她的軀幹裡生出了高大的克律薩俄耳和神馬佩伽索斯。佩伽索斯就是因為出生在大洋的源頭（「佩加」）附近而得名。克律薩俄耳則是因為他有一把金劍（「克律斯」意為

①涅柔斯的五十位女兒是平靜海洋的一切美好特點的象徵，如景色迷人、波濤輕如少女的舞步，一定的季節適於航行時的景象等等，她們的性格都像她們的父親。

「金的」、「阿俄耳」意為「劍」）而得名。現在佩伽索斯飛離了地面——畜群之母，來到了不死的神靈中間。他住在宙斯的宮殿裡，把霹靂和閃電傳送到英明的宙斯手裡。克律薩俄耳與光榮大洋神的女兒卡利羅厄相愛，生下了三個腦袋的巨人革律翁。大力的赫拉克勒斯穿過大洋的渡口，在光榮的俄刻阿諾斯彼岸的昏暗牧場上殺死了俄耳托斯①和牧人歐律提翁後，驅趕著寬額的牛群要去神聖梯林斯的那天，在四面環海的厄律提亞把革律翁殺死在他懶洋洋的牛群旁。

卡利羅厄在一個中空的山洞裡還生了一個也是不可制服的怪物——兇殘的神女厄客德娜。她既「不像會死的人類，也不似不死的神靈，半是自然神女——目光炯炯、臉蛋漂亮，半是蟒蛇——龐大可怕、皮膚上斑斑點點。她住在神聖大地之下的隱僻之處，以生肉為食。在那個遠離神靈和凡人的地方，在深深的地下一塊中空的岩石下，她有一個洞穴，於是神靈就把那兒賜予她作光榮的寓所。可怕的厄客德娜，這個長生不老的自然神女就守衛在阿里瑪②的地下。

傳說，膽大妄為、不知法度的可怕的提豐和目光炯炯的少女厄客德娜相愛結合，使她懷孕生下兇殘的後代。最先出生的是革律翁的牧犬俄耳托斯，後來又生了一個不可制服、難以名狀的怪物刻耳柏羅斯——哈得斯的看門狗，

285

290

295

300

305

310

---

①牧犬（雙頭怪獸）。
②西里西亞的山區。

長著五十個腦袋，吠聲刺耳，力大殘兇，以生肉為食。第
三個出生的是心靈歹毒的勒爾納水蛇許德拉，極端憤恨大
315　力士赫拉克勒斯的白臂女神赫拉撫養了它。赫拉克勒斯是
宙斯之子，安菲特律翁的養子。他遵照戰利品攫取者雅典
娜的意圖，與好戰的伊俄拉俄斯一起用無情的劍殺死了許
320　德拉。厄客德娜還生了客邁拉，他呼氣為火，高大可怕，
身強力壯，快步如飛，長有三個頭——一個是目光炯炯的
獅首、一個是山羊之首、另一個是蛇首或者說兇猛的龍
首。〔上半身是一頭猛獅，下半身是一條巨龍，身體中段
325　像山羊，呼出來的是熊熊火焰。〕①佩伽索斯和高貴的柏
勒羅豐殺死了它。厄客德娜又和俄耳托斯相愛，生下了可
怕的斯芬克斯（它毀滅了卡德摩斯的後裔②）和涅墨亞的
獅子。宙斯之賢妻赫拉養大了這頭獅子，用它看守涅墨亞
330　山林，結果給人們帶來了災難。它在那兒反而傷害赫拉自
己的部落，稱霸涅墨亞的特里托斯山和阿佩薩斯山，但是
大力士赫拉克勒斯征服了它。

刻托和福耳庫斯相愛結合，生下了她最小的孩子，即
335　那個可怕的蛇妖③，它看守著陰暗大地漫長邊界上的某個
秘密地點的全金蘋果。以上是刻托和福耳庫斯的後代。

---

①沃爾夫(Wolf)認為這兩行是多餘的贅述，是從荷馬史詩借用來的。見《伊里
亞特》vi, 181-2。——英譯者
②「卡德摩斯的後裔」或譯：「忒拜人」。
③即拉冬。見214行注。拉冬與344行拉冬河神同名。

忒修斯給大洋神俄刻阿諾斯生下了水流湍急的諸河之神。他們是尼羅斯、阿爾甫斯、水深曲折的厄里達諾斯、斯特律門、馬伊安得洛斯、溪流秀麗的伊斯忒耳、發西斯、瑞索斯、渦流銀白的阿刻羅俄斯、涅索斯、諾狄攸斯、哈利阿科門、赫普塔波盧斯、格賴尼枯斯、埃塞浦斯、神聖的西摩伊斯、珀涅烏斯、赫耳穆斯、溪流秀麗的卡伊枯斯、長長的珊伽里烏斯、拉冬、帕耳忒尼俄斯、歐厄諾斯、阿耳得斯枯斯、神聖的斯卡曼得洛斯①。

他倆還生了一群神女，這些神女與發號施令的阿波羅和河神一道照管年輕人——宙斯分派她們這個任務。她們的名字是珀伊托、阿德墨忒、伊安忒、厄勒克特拉、多里斯、普律摩諾、形象似神的烏剌尼亞、希波、克呂墨涅、洛狄亞、卡利羅厄、宙克索、克呂提厄、伊底伊阿、派西托厄、普勒克索拉、伽拉克索拉、可愛的狄俄涅、墨羅玻西斯、托厄、漂亮的波呂多拉、體態優美的刻耳刻伊斯、目光溫柔的普路托、珀耳塞伊斯、伊阿涅伊拉、阿卡斯忒、克珊忒、漂亮的珀特賴亞、墨涅斯托、歐羅巴、墨提斯、歐律諾墨、桔紅色服裝的忒勒斯托、克律塞伊斯、亞細亞、迷人的卡呂普索、歐多拉、提刻、安菲洛、俄庫耳羅厄，以及她們的首領斯梯克斯。她們是大洋神和忒修斯

---

①以上大洋神諸子都是河神，是當時希臘人所知道的一些著名河流的擬人化。如尼羅斯即埃及尼羅河神。

最先出世的一批女兒，除此而外，大洋神和忒修斯還有許
365　多女兒。大洋神有三千個美踝的女兒，她們分散在四面八
方，雖然所居的地方不同，但都一樣地服務於大地和海
洋。她們都是光榮的神女。莊重的忒修斯給大洋神還生有
許多其他的兒子──流動時潺潺作聲的河流，凡人雖不易
370　說出他們的名字，但可以依據他們不同的居地識別他們。

　　忒亞與許佩里翁相愛，生下魁偉的赫利俄斯（太
陽）、明亮的塞勒涅（月亮）和厄俄斯（黎明）。厄俄斯
照耀大地上的萬物和廣闊天宇中的不死神靈。

375　　歐律比亞愛上了克利俄斯，他們結合生下高大的阿斯
特賴俄斯、帕拉斯和珀耳塞斯。珀耳塞斯是人類中的智慧
超群者。

　　厄俄斯為阿斯特賴俄斯生下勇敢的風神：吹送烏雲的
380　澤費羅斯、快速的玻瑞阿斯和諾托斯①──一位配得上神
靈愛慕的女神。此後，厄里戈涅亞②又生下了啟明星厄俄
斯福洛斯（「帶來黎明的」），和天神以之為王冠的閃閃
群星。

───────────

①澤費羅斯是西風神、男性，帶來雨水的暖風，玻瑞阿斯是北風神、男性，
　諾托斯是南風神、女性。
②厄里戈涅亞，意為「早晨生的」，即厄俄斯。

大洋神之女斯梯克斯與帕拉斯結合，在內室裡生下了澤洛斯（競爭）和美踝的尼刻（勝利）。她還生了克拉托斯（強力）和比亞（暴力）這兩個出眾的兒子。這兩個神除了宙斯的家而外沒有另外的家，也沒有任何別的居留地；除了宙斯引導他們之外，他們也不去任何地方。他們時刻與雷神宙斯同止同行。須知，奧林波斯的閃電之神宙斯曾把所有不死神靈召集到綿延的奧林波斯山，宣布任何神只要隨他對提坦作戰，他就不革除其權利，讓他們保有如前在神靈中所擁有的地位，凡是在克洛諾斯手下無職無權的神靈都將得到公正的職務和權利。不朽的斯梯克斯在其親愛父親的勸告下，帶著孩子們最先來到奧林波斯山。宙斯稱讚她，贈予她偉大的禮物，任命她監督諸神的重大誓言，並讓她的子女永遠與自己住在一起。宙斯完全履行了自己的諾言，但他自己也有力地統制主宰著他們。

　　福柏與科俄斯戀愛結合，懷孕生了愛穿黑色長袍的勒托。勒托性情溫和，對人類和不死的神靈都和藹友善，她一生下來就是如此，在奧林波斯諸神中她是最溫柔的。福柏還生了名聲很好的阿斯忒里亞。有一次珀耳塞斯把阿斯忒里亞領進他的高大房間，稱她為愛妻。她懷孕生了赫卡忒──克洛諾斯之子宙斯最尊重的女神。宙斯贈赫卡忒以貴重的禮物，讓她共有大地和不產穀物的海洋；她還在繁星點綴的天宇獲得榮譽，極受永生眾神的敬重。直到今天，無論什麼時候大地上的任何一個人按照風俗奉獻祭品

385

390

395

400

405

410

415

和祈求恩惠，都呼喚赫卡忒的名字。赫卡忒樂意接受誰的
420　祈求，這人就能輕易地多次得到榮譽；她還能給這人財
富，因為她確有這種權力。像地神和天神所生的眾多後代
一樣，她在他們那些方面也都有自己應有的一份。克洛諾
斯之子從未傷害過她，也沒有從她在前輩的提坦神中所得
425　到的一切裡拿走任何東西。還和起初分配的一樣，她在大
地、天空和海洋中擁有自己的一份。還因為她是阿斯忒里
428　亞的唯一孩子，所以她得到的榮譽不但沒有減少，反而由
於宙斯對她的尊重而增加了很多。只要她樂意，她就能給
434　誰很大的幫助和很多的好處：如果她坐到令人敬佩、主持
430　裁判的國王身旁，她樂意幫助的那個人就會在法庭上惹人
注目。人類之間若爆發毀滅性的戰爭，這位女神就會來到
戰場上，讓她樂意幫助的人獲得勝利，贏得榮譽。人類進
435　行各種比賽時，她也是有益的，因為她也會來到他們中間
幫助他們。於是，憑能力贏得勝利的人將輕而易舉高高興
興地獲得貴重的獎品，並給父母帶來光榮。她樂意站在決
440　心幫助的騎士身旁時，對他們也是有益的。她對那些在烏
雲密布波濤翻滾的大海上謀生的人也是有益的，誰向她和
震耳欲聾的地震之神祈禱，這位光榮的女神就能輕而易舉
445　地讓他大發其財；如果她高興，她也能易如反掌地使他瞬
息間得而復失。她與赫爾墨斯一起待在牛欄裡也是有益
的，能使家畜繁殖增產。如果她高興，她可以使牛羊由少
變多或由多變少。因此，儘管她是自己母親的唯一孩子，
450　但在所有永生神靈中受到尊敬。克洛諾斯之子分派她為年

輕人的撫育者，所有在那天之後用自己眼睛看見多識的黎明女神的曙光的孩子們的教育者。因此，她一開始便是年輕人的撫育者。以上這些都是赫卡忒的榮譽。

　　瑞亞被迫嫁給克洛諾斯為妻，為他生下了出色的子女：赫斯提亞[①]、德墨特爾、腳穿金鞋的赫拉、冷酷無情住在地下的強大的哈得斯，震動大地轟隆作響的波塞頓和 455
人類與諸神之父英明的宙斯——其雷聲能夠震動廣闊的地面。每個孩子一出世，偉大的克洛諾斯便將之吞食，以防其他某一驕傲的天空之神成為眾神之王；因為克洛諾斯從群星點綴的烏蘭諾斯和地神該亞那裡得知，儘管他很強 460
大，但注定要為自己的一個兒子所推翻[②]。克洛諾斯因此提高警惕，注意觀察，把自己的孩子吞到肚裡。其妻瑞亞 465
為此事悲痛不已。諸神和人類之父宙斯將要出世時，瑞亞懇求自己親愛的父母——頭戴星冠的烏蘭諾斯和地神該 470
亞，替她想個辦法，以便把這個親愛的孩子的出世瞞過，讓他將來推翻強大狡猾的克洛諾斯，為天神烏蘭諾斯和被吞食的孩子們報仇。他們倆爽快地聽從了愛女的建議，把關於克洛諾斯及其勇敢兒子注定要發生的一切告訴了她。 475
在她快要生下最小的兒子、強大的宙斯時，他們把她送到呂克托斯——克里特島上的一個富庶的村社。廣闊的大地

①灶神。
②接下來的一行詩「通過偉大宙斯的計謀」，被沃爾夫等許多專家所懷疑，
　這裡略去。

480 從瑞亞手裡接過宙斯，在廣大的克里特撫養他長大。在黑
夜的掩護下，地神首先帶著他迅速來到呂克托斯，抱著他
在森林茂密的埃該昂①山中找到一處偏僻的秘密地下洞
穴，將他藏在這裡。之後，瑞亞把一塊大石頭裹在襁褓
485 中，送給強大的統治者天神之子，諸神之前王克洛諾斯。
他接過襁褓，吞進腹中。這個倒霉的傢伙！他心裡不知道
490 吞下去的是石塊，他的兒子存活下來，既沒有被消滅，也
沒有受到威脅。這個兒子不久就要憑強力打敗他，剝奪他
的一切尊榮，取而代之成為眾神之王。

495 　　那以後，這位王子的氣力和體格迅速增長。隨著時間
的推移，狡猾強大的克洛諾斯被大地女神的巧妙提議所蒙
騙，重新撫養這個兒子〔被這個兒子用計謀和武力所征
服〕②，他首先吐出了那塊最後吞下的石頭。宙斯將這塊
石頭安放在道路寬廣的大地上，帕耳那索斯幽谷中風景優
500 美的皮托，以後給凡人作為信物和奇蹟③。宙斯釋放了天
神之子他父親的兄弟們，這些神曾被他父親愚蠢地捆綁起
來，現在他解開了他們身上可怕的繩索。他們不忘感謝他
505 的好意，贈給他閃電和霹靂；而此前，龐大的地神曾把它
們藏過。宙斯倚靠它們統治著神靈和凡人。

①意譯「羊山」，克里特島伊迪山脈的一段。
②海因(Heyne)否認此行詩，因與上下文不符，有礙通順。——英譯者
③波舍尼阿斯(x. 24.6)說，曾在尼俄普托勒摩斯墓附近看到過「一塊不大的石
　頭」，德爾菲人每天在其上塗油，它被認為就是克洛諾斯吞食的那塊石
　頭。——英譯者

伊阿佩托斯娶大洋神之女、美踝的克呂墨涅為妻，雙雙同床共枕。克呂墨涅給他生下了勇敢無畏的阿特拉斯，以及十分光榮的墨諾提俄斯、足智多謀的普羅米修斯、心不在焉的厄庇米修斯。厄庇米修斯當初娶宙斯創造的少女（潘朵拉）為妻，開始給以五穀為食的人類帶來了災難。墨諾提俄斯殘暴兇狠，目光看得見遠處的宙斯用可怕的霹靂轟擊他，把他拋入厄瑞玻斯（黑暗），因為他十分傲慢，過於放肆。阿特拉斯在大地的邊緣，站在嗓音清晰的赫斯珀里得斯姊妹面前，用不倦的頭顱和雙臂無可奈何地支撐著廣大的天宇——英明的宙斯為他安排了這個命運。宙斯用掙脫不了的繩索和無情的鎖鏈捆綁著足智多謀的普羅米修斯，用一支長矛剖開他的胸膛，派一隻長翅膀的大鷹停在他身上，不斷啄食他那不死的肝臟。雖然長翅的大鷹整個白天啄食他的肝臟，但夜晚肝臟又恢復到原來那麼大。美踝的阿爾克墨涅的勇敢之子赫拉克勒斯殺死了這隻大鷹，讓這位伊阿珀托斯之子擺脫了它的折磨，解除了痛苦——這裡不無奧林波斯之王宙斯的願望。為此，忒拜出生的赫拉克勒斯在豐產大地上的聲譽更勝以往。宙斯考慮到這給他那卓越兒子帶來的榮譽，儘管對普羅米修斯仍然很氣憤，但還是捐棄了前嫌——那是由於普羅米修斯竟與他這位克洛諾斯的萬能之子比賽智慧而產生的憤怒。事情是這樣：當初神靈與凡人在墨科涅發生爭執，普羅米修斯出來宰殺了一頭大牛，分成幾份擺在他們面前。為想蒙騙宙斯的心，他把牛肉和肥壯的內臟堆在牛皮上，放在其他人面前，上面罩以牛的瘤

540 　胃，而在宙斯面前擺了一堆白骨，巧妙堆放之後蒙上一層發
　　亮的脂肪。這時凡人和諸神之父對他說：

　　　　「伊阿珀托斯之子，最光榮的神靈，親愛的

　　　　朋友，你分配得多麼不公平啊！」

545 　　智慧無窮的宙斯這樣責備了他。但是，狡猾的普羅米
　　修斯微微一笑，沒忘記詭詐的圈套，說：

　　　　「宙斯，永生神靈中最榮耀、最偉大者，你

　　　　可以按照自己的心願，隨便挑取任何一份。」

　　　他這樣說著，心裡卻想著自己布置的圈套。智慧無窮的
550 宙斯看了看，沒有識破他的詭計，因為他這時心裡正在想著
　　將要實現的懲罰凡人的計畫。宙斯雙手捧起白色脂肪時，看
　　到了巧妙布置用以欺騙他的白骨，不由地大怒起來——正是
555 由於這次事件，以後大地上的凡人遂在芳香的聖壇上焚燒白
　　骨獻祭神靈。但是驅雲神宙斯大為惱怒，對他說道：

　　　　「伊阿珀托斯之子，聰敏超群的朋友！你仍

560 　　然沒有忘記玩弄花招！」

　　　智慧無窮的宙斯憤怒地說了這番話。此後，他時刻謹
　　防受騙，不願把不滅的火種授予居住在地上的墨利亞①的

---

①有位注釋家解釋說：「或因為人類生自墨利亞自然神女（灰樹神女；參見
　187 行）；或因為他們出生後住在灰樹之下，即樹下。」這種解釋可能是
　說人類起源於灰樹。參見《工作與時日》145 行和注釋。

會死的人類。但伊阿珀托斯的高貴兒子瞞過了他，用一根 565
空茴香桿偷走了遠處即可看見的不滅火種。高處打雷的宙
斯看到人類中有了遠處可見的火光，精神受到刺激，內心
感到憤怒。他立即給人類製造了一個禍害，作為獲得火種
的代價。按照克洛諾斯之子的願望，著名跛足神用泥土塑 570
造了一位醜覷的少女形象，明眸雅典娜給她穿上銀白色的
衣服，親手把一條漂亮的刺繡面紗罩在她的頭上〔帕拉斯· 575
雅典娜還把用剛開的鮮花編成的美麗花環套在她頭頸上〕①，
還用一條金帶為她束髮，這是著名跛足神為討好其父而親
手製作的禮物。這髮帶是一件非常稀罕的工藝品，看上去 580
美極了。因為這位匠神把陸地上和海洋裡生長的大部分動
物都鏤在上面，妙極了，好像都是活的，能叫出聲音，還
閃爍著燦爛的光彩。

　　匠神既已創造了這個漂亮的災星報復人類獲得火種， 585
待他滿意於偉大父親的明眸女兒給這少女的裝扮後，便把
她送到別的神靈和人類所在的地方。雖然這完全是個圈
套，但不朽的神靈和會死的凡人見到她時都不由地驚奇，
凡人更不能抵擋這個尤物的誘惑。

　　她是嬌氣女性的起源〔是可怕的一類婦女的起源〕②，這 590

①576-7行，看來屬於另一不同的修訂本。——英譯者
②590-1行，屬於不同的修訂本。——英譯者

類女人和會死的凡人生活在一起，給他們帶來不幸，只能同享富裕，不能共熬可恨的貧窮。就像有頂蓋的蜂箱裡的工蜂供養性本惡的雄蜂一樣——工蜂白天裡從早到晚採花釀蜜，為貯滿白色蜂房而忙碌不停，雄蜂卻整天待在蜂巢裡坐享別的蜜蜂的勞動成果——在高空發出雷電的宙斯也把女人變成凡人的禍害，成為性本惡者。為了報復人類獲得火種，他又給人類製造了第二個災難：如果有誰想獨身和逃避女人引起的悲苦，有誰不願結婚，到了可怕的晚年就不會有人供養他；儘管他活著的時候不缺少生活資料，然而等他死了，親戚們就會來分割他的遺產。如果一個人挑選了結婚的命運，並且娶了一個稱心如意的妻子，那麼對於這個男人來說，惡就會不斷地和善作鬥爭；因為如果他不巧生了個淘氣的孩子，他就會下半輩子煩惱痛苦得沒完沒了。這種禍害是無法排除的。

因此，欺騙宙斯和蒙混他的心志是不可能的。即使像伊阿珀托斯之子、善良的普羅米修斯那麼足智多謀，也沒有能逃脫宙斯的盛怒，且受到了他那結實鎖鏈的懲處。

當初烏蘭諾斯討厭他的孩子布里阿瑞俄斯、科托斯和古埃斯，忌妒他們超凡的勇氣、驚人的美貌和高大的身材，竟殘忍地將他們捆綁起來，流放到道路寬闊的大地的下面。他讓他們長期住在陸地的末端，這大地的邊緣，在那裡受盡折磨，十分痛苦，內心極其悲傷。但是，宙斯聯

合濃髮瑞亞與克洛諾斯所生的其他不死神祇，按照大地女 625
神該亞的忠告，把他們重新帶到陽光普照的地上世界。該
亞親自向衆神詳細敘述一切，包括如何借助他們三人的力
量贏得勝利和值得自豪的榮譽。因為這時提坦神與克洛諾 630
斯的所有子女之間所進行的苦戰已持續很長時間，雙方都
精疲力盡。高傲的提坦神以高聳的俄特里斯山①為基地，
濃髮瑞亞和克洛諾斯所生的致善之神以奧林波斯山為基 635
地。他們彼此滿懷憤怒，那時戰爭已整整持續十年，由於
勢均力敵，勝負仍然未分。但在宙斯讓布里阿瑞俄斯、科
托斯和古埃斯三人吃了諸神的瓊漿和玉食之後，他們那高
傲的靈魂便復活了；於是人類和衆神之父宙斯對他們說： 640

　　「告訴你們，榮耀的天地之子，現在我可以 645
說心裡話了。我們這些克洛諾斯的後代和提坦神 648
彼此為了贏得勝利和搶占上風，每天打仗，已經
打了很長時間。現在由於我們的救助，解開了殘
酷的鐐銬，你們才擺脫了痛苦，從陰暗的地下回 650
到了光明的世界。如果你們不忘我們的友好情
意，為什麼不顯示你們強大的威力和不可征服的
力氣，對提坦神激戰一場呢？」

宙斯說到這裡，無可指責的科托斯答道： 655

---

①帖撒利亞南部山脈。

「眾神之王，你的意思我們明白。我們也知道你的智慧和理解能力超群出眾，你是幫助神靈逃離陰冷地獄的救星。啊，眾神之王，克洛諾斯之子，由於你的運籌，我們擺脫了無情的枷鎖，離開了陰暗可怕的地獄，享受到了以前得不到的幸福。因此，現在我們決定加入你們與提坦神的艱苦戰爭，堅定不移認真對待，在可怕的戰爭中支援你們。」

660

科托斯說完，致善之神拍手稱快，他們的戰鬥熱情空前高漲。那一天，所有神靈包括男神和女神都鼓動繼續進行可怕的戰爭。提坦神如此，克洛諾斯的所有子女和宙斯從地下厄瑞玻斯救到光明世界的三位力大無窮的強大神靈也是如此。所有這三位神靈都同樣肩上長有一百隻臂膀，結實的肢體上長有五十個腦袋。這時，三個神靈手拿巨大的石塊，向提坦神發起猛烈攻擊。在另一方，提坦神起勁地加強自己的陣線。他們雙方都同時拿出了自己的本領和力氣。無邊的海洋在周圍咆哮，大地砰然震響；寬廣的天宇在搖動中呻吟，高聳的奧林波斯山因永生神靈的猛攻而搖晃；在可怕的攻擊中，沉重的腳步聲和投石的沉重落地聲波及陰暗的塔耳塔羅斯。雙方彼此放箭，兩軍吶喊之聲直衝雲霄；短兵相接，廝殺聲震天動地。

665

670

675

680

685

這時，宙斯也不再控制自己了。他滿腔怒火，立刻使

出全身力氣，從天宇和奧林波斯山拋出他的閃電。沉重的 690
霹靂迅即衝出他那壯實的大手，雷聲隆隆、電光閃閃，捲
起猛烈的火焰。孕育生命的大地在燃燒中塌裂，無邊的森
林在烈火中發出巨大的爆裂聲。整個地面、大洋神的河
流、不產果實的大海都沸騰了。灼熱的蒸氣包圍了大地所 695
生的提坦族，無邊的火焰一直竄到了明亮的高空，雷電的
耀眼閃光刺瞎了所有強壯提坦神的眼睛。在這驚人的熱浪
中，世界走向了混沌。舉目看這火光，側耳聽這聲音，大 700
地和廣闊的高天好像合二為一；因為這樣大的聲音只能在
大地走向毀滅，天神把大地從高空摔下時才會發出。現在
之所以有這樣巨大的撞擊聲，那是因為神靈們正在短兵鏖 705
戰，難解難分。還有風浪吹來了地震的隆隆聲和風暴般的
灰塵，吹來了電閃雷鳴和可怕的霹靂——偉大宙斯的箭
簇；風浪還把鏗鏘聲、廝殺聲吹進兩軍之間。恐怖的戰爭
響起了一陣可怕的轟隆聲，較量已分高低，勝負已露端 710
倪。但是就到這時，他們還在相互攻擊，殘酷的爭鬥還在
繼續進行。

　　好戰的科托斯、布里阿瑞俄斯和古埃斯排在最前面，
他們的攻勢猛烈。三百塊大石，一塊接一塊地從他們強壯
的大手裡投出，壓倒了提坦神的火力。憑著無比的勇敢和 715
巨大的力氣征服了提坦族之後，他們將之拋入道路寬闊的
大地下面的塔耳塔羅斯，用不堪忍受的鐵鏈把提坦神鎖在
那裡。塔耳塔羅斯與大地相距很遠，從大地到下面的塔耳

塔羅斯和從大地到上面的天空有相等的距離。一個銅礦從
天宇掉下，要經過九天九夜，於第十天才能到達大地；它
從大地再往下掉，也要經過九天九夜，於第十天才能到達
塔耳塔羅斯。塔耳塔羅斯周圍有一道青銅柵欄，夜幕三重
如項圈一般包圍著它，大地和不產果實的海洋之根就生在
其上。根據驅雲神宙斯的主意，提坦神被困在那裡，陰暗
的地下，大地末端一塊陰暗潮濕的地方。波塞頓裝上青銅
大門，還有一道高牆環繞四周。古埃斯、科托斯和大膽的
布里阿瑞俄斯住在那兒，充當神盾持有者宙斯的忠實看守
人。因而提坦們插上翅膀也難以逃離此地。

按照順序排列，那兒是陰暗的大地，黑暗的塔耳塔羅
斯，不產穀物的海洋和繁星點綴的天宇之源頭和歸宿，這
是個潮濕難忍，連神靈都厭惡的地方。它是一條巨大的深
淵，人一旦落入其內，要想回到地面，就得花上一整年，
一陣陣兇惡的狂風把他往這裡那裡亂吹。這個怪物連不死
的神靈也望之生畏。黑暗夜神的可怕的烏雲遮蓋的家在這
裡。伊阿珀托斯之子①巍然屹立在它前面，用頭和不倦的
雙手支撐著廣大的天宇，白天和黑夜往這裡相向走近，在
跨越巨大的青銅門檻時互相致意：一方即將下到屋內，另
一方則正要外出走到門口。他們倆從不共居此室，總是一
方在外走在大地之上時，另一方則待在屋裡等待自己的出

---

①阿特拉斯，肩扛天宇的提坦神。

遊時刻；一方正為大地上的人類帶來照見一切的光亮時，
另一方，即身裹雲霧的可怕夜神則正把死神之弟睡神摟抱
在懷裡。

　　黑暗夜神之子——可怕的睡神和死神也住在這兒。金
光閃閃的太陽神無論在升上天空時，還是在從天空下行
時，從不用亮光照向他們。睡神和平地漫遊陸地和寬闊的
海面，對人類友好和善；死神則心如鐵石，性似青銅，不
知憐憫，無論什麼人，他只要一抓住，就絕不放手。即使
不死的神靈看見他也惱恨。

　　下界之神強大的哈得斯和可怕的珀耳塞福涅也住在那
兒，他們的回音殿堂座落其前。一隻可怕的惡狗守在屋
前，它兇殘詭詐。它搖頭擺尾討好逢迎人們進去，卻阻止
他們返回。它密切警戒，誰要想走出〔強大的哈得斯和可
怕的珀耳塞福涅的〕①大門，就會被它抓住吞食。

　　回流②大洋俄刻阿諾斯的長女——不死的神靈所厭惡
的神女，可怕的斯梯克斯也住那兒。她遠離衆神，有自己
華貴的住房，屋頂用巨大的岩塊砌成拱形，四周銀柱高聳
入雲。陶馬斯之女、捷足的伊里斯難得飛過廣闊的海面來

---

①此行（與 768 行重覆）不見於較善的抄本。
②俄刻阿諾斯被看作是環繞陸地和海洋的環流，因此最後又流回到自身。

給她傳信。但當神靈之間發生爭吵和衝突，或奧林波斯的任何一位神靈說謊時，宙斯便派伊里斯用一只金杯，不遠萬里來裝諸神的偉大誓言，即從一塊高高突起的岩石上淌下來的著名冷水。在道路寬闊的大地之下很深的地方，俄刻阿諾斯有一條支流從這條神聖的大洋河發源流經黑夜，她的水量占整個大洋的十分之一。大洋有九條漩渦銀白的支流環繞大地和廣闊的海面，最後匯入「主流」①，但是第十條支流發源於一塊岩石，它是諸神的忌諱，白雪皚皚的奧林波斯諸神無論誰用此水澆奠，若發了偽誓，他就會沒有氣息地躺上整整一年，永不起來嘗那玉食瓊液，昏昏沉沉地躺在一張鋪好的床上，恍恍惚惚、不言不語。漫長的一年病態結束後，接下來還有一段更苦的修行。他要整整九年與永生神靈斷絕聯繫，永不參加他們的會議或宴飲。到了第十年，他才重新加入奧林波斯不死諸神的聚會。諸神曾任命斯梯克斯河永恆的原始流水為這種誓約——它流經一段多石的地方。

陰暗的大地，黑暗的塔耳塔羅斯，不產穀物的海洋以及繁星點綴的天庭之源頭和歸宿，一切按照順序排列在那兒。那地方潮濕可憎，連神靈都厭惡。那兒有鋥亮的大門

---

①俄刻阿諾斯的概念在這裡有所不同：他有九條環繞大地的支流最後匯合成一條大河，再注入「主流」。根據早期希臘人和希伯來人的宇宙觀，這條「主流」似乎就是圓盤似的大地漂浮在上面的那個汪洋大海。——英譯者

和根基無窮、自身生成的不可移動的青銅門檻①。提坦們住在門檻那邊，陰暗混沌、遠離衆神的地方。喊聲震天動地的宙斯之光榮盟友科托斯和古埃斯住在大洋根基之上； 815
布里阿瑞俄斯英勇豪爽，浪大流深的地震之神選他作了女婿，把他的女兒庫墨珀勒亞嫁給了他。

　　宙斯把提坦們趕出天庭之後，龐大的該亞在金色阿佛 820
洛狄特的幫助下，與塔耳塔羅斯相愛，生下她最後一個孩子提豐。提豐身強力壯，幹起活來雙手總有使不完的力氣，雙腳不知什麼是疲倦。他是一條可怕的巨蟒，肩上長有一百個蛇頭，口裡吐著黝黑的舌頭。在他奇特的腦袋 825
上、額角下、眼睛裡火光閃爍；怒目而視時，所有的腦袋上都噴射出火焰。他所有可怕的腦袋發出各種不可名狀的聲音；這些聲音有時神靈能理解，有時則如公牛在怒不可 830
遏時的大聲鳴叫，有時又如猛獅的吼聲，有時也如怪異難聽的狗吠，有時如回盪山間的噓噓聲。若不是人類和衆神 835
之父宙斯及時察覺，有一天真會發生不可挽回的事情，即開始由他統治不死的神靈和會死的人類。但是，宙斯扔出沉重有力的霹靂，周圍的大地、上面的天宇、大海、洋流和冥土都因之震顫。神王進攻時，高大的奧林波斯山在他 840
不朽的腳下搖晃，大地為之呻吟。由於宙斯雷霆和閃電的轟擊、怪物火焰的噴射、灼熱的風和閃光的霹靂，深藍色 845

①門檻由非人工的，即「自生」的金屬構成。——英譯者

的海洋上籠罩著火樣的熱氣，整個大地、海洋和天空都在沸騰。永生神靈衝鋒陷陣時，驚濤駭浪直撲海灘，海岸震顫不已。由於吶喊聲不絕、可怕的衝突未休，統治亡靈的哈得斯在下界也膽顫心驚，和克洛諾斯一起住在塔耳塔羅斯的提坦們也不寒而慄。宙斯使出渾身力氣緊握武器——雷霆、閃電和驚人的霹靂，以奧林波斯山跳起來轟擊這個怪物，灼燒他所有怪異的頭顱。宙斯征服提豐①之後，把他打成殘廢扔下天空，大地因之叫苦呻吟。這個被雷電重傷的統治者失敗後，在陰暗多石的山谷裡②發射出火焰。可怕的熱氣灼燒著一大片土地，使之熔化，就像人工加熱使錫在開口的坩鍋裡熔化一樣，或如鐵——萬物中最堅硬的東西在山谷中被白熱的火焰熔化，被赫淮斯特斯的火力熔化在地下一般。這時，甚至大地也被灼熱的火焰熔化了。③宙斯十分忿怒，將他扔進了廣闊的塔耳塔羅斯。

850

855

860

865

　　除諾托斯、玻瑞阿斯和驅趕烏雲的澤費羅斯這三個風神外，提豐也生了帶來潮濕的諸狂風之神。前三種風是神賜的，造福於人類；狂風則是不定時橫掃海面。有一類狂風肆虐於陰暗的海面，因季節不同而不同，猛烈不祥的陣風翻沉船隻、溺死水手，給人類帶來巨大的劫難。航海者

870

875

---

①據荷馬史詩，提豐在西里西亞的阿里米人住地為宙斯所降服。品達認為，提豐被壓在埃特那山之下。澤澤斯認為這裡說的是埃特那。——英譯者
②作為火神。
③解釋火山活動。

碰上了它們，就無法逃脫災難。另一類狂風吹過無邊無
際、繁花似錦的大地，損壞住在下面的農人的美好農田，
在上面蓋滿塵土，發出殘酷的尖叫聲。 880

　　快樂神靈操勞完畢，用武力解決了與提坦神爭奪榮譽
的鬥爭；根據地神的提示，他們要求奧林波斯的千里眼宙
斯統治管轄他們。於是，宙斯為他們分配了榮譽職位。 885

　　現在，諸神之王宙斯首先娶墨提斯為妻，她是神靈和
凡人中最聰明的人。在她就要生產明眸女神雅典娜時，根
據星光燦爛的烏蘭諾斯和該亞的忠告，宙斯花言巧語地騙
過了她，將她吞進了自己肚裡。他們之所以建議宙斯這樣
做，是為了不讓別的神靈代替宙斯取得永生神靈中的王
位；因為墨提斯注定會生下幾個絕頂聰明的孩子，第一個
就是明眸少女特里托革尼亞①，她在力量和智慧兩方面都
與她的父王相等。但這之後，墨提斯將生一位傲岸的兒子
做眾神和人類之王。然而，宙斯搶先把她吞進了自己肚
裡，讓這位女神可以替他出主意，逢凶化吉。 900

　　第二個，宙斯娶了容光照人的忒彌斯為妻，生下了荷
賴（時序三女神），即歐諾彌亞（秩序女神）、狄刻（正
義女神）和鮮花怒放的厄瑞涅（和平女神）。這些女神關

---

①雅典娜之別名。

心凡人的工作。他倆還生了摩伊賴（命運三女神），英明
905　的宙斯授予她們最高榮譽。這三位女神是克洛索、拉赫西
斯和阿特洛泊斯，她們使人生有幸與不幸。

　　大洋神之女、長相漂亮的歐律諾墨為宙斯生了臉蛋可
910　愛的美惠三女神——阿格萊亞、歐佛洛緒涅和討人喜歡的
塔利亞。她們顧盼之間含情脈脈，令人銷魂蕩魄。她們動
人之處在於眉毛下的那雙眼睛的秋波。

　　宙斯也和豐產的德墨特爾同床共枕，生下白臂女神珀
耳塞福涅；哈得斯把她從其母身旁帶走，英明的宙斯將她
許配了他。

915　　此外，宙斯與美髮的謨涅摩緒涅相愛，生下九個髮束
金帶的神女繆斯，她們都喜歡宴飲和歌唱。

　　勒托也在戀愛中與神盾持有者宙斯結合，生下喜歡射
920　箭的阿波羅和阿爾忒密斯。他們是宙斯所有子女中最可愛
的兩個。

　　最後，宙斯娶赫拉作寵妻。她與這位神人之王相愛，
925　為他生了赫柏、阿瑞斯和愛勒提亞①。

---

　　①生育之神，產婦的保護神，後來與阿爾密斯合一。

宙斯從自己頭腦裡生出明眸女神特里托革尼亞①。她是一位可怕的、呼嘯吶喊的將軍，一位渴望喧嚷和戰爭廝殺的不可戰勝的女王。赫拉沒有和宙斯同房──因為她那時對宙斯十分生氣，與他吵了架──生下了著名的赫淮斯托斯。他精於手工技藝，為宙斯的所有其他子女所望塵莫及。

　　〈②赫拉那時對宙斯十分生氣，和他吵嘴。由於不和，赫拉未和神盾持有者宙斯結合便生下了一個光榮的兒子赫淮斯托斯。他的手工技藝勝過宙斯的所有子女。但是，除赫拉外，宙斯還與俄刻阿諾斯和忒修斯的臉蛋漂亮的女兒同床……騙過了墨提斯，雖然她十分智慧。但是，宙斯雙手抓住墨提斯，把她吞進了肚裡。因為他害怕她可能生出擁有比霹靂還要厲害的武器的孩子。因此，坐在高山居於高空（埃忒耳）的宙斯突然將她吞下了。但墨提斯即刻懷上了帕拉斯‧雅典娜，人類和眾神之父在特里托河岸上從自己的頭腦裡生出了這個女兒。雅典娜之母、正義的策劃者、智慧勝過眾神和凡人的墨提斯仍然留在宙斯的肚裡。雅典娜女神在那地方接受了神盾③，有了它，她的

929a

929b

──────────
①即雅典娜，出生於特里托河岸。參見 929a 以下。

②由 Peppmüller 復原。以下 19 行是 Chrysippus（在蓋倫作品中）從另一修訂本 889-900，924-9 行引來。

③929s 行可能是偽托，因為與 929q 行說法不一致，含有對雅典娜的可疑描述。

力量便超過了住在奧林波斯的一切神靈。〔這神盾成為雅
典娜可怕的武器。〕宙斯生下雅典娜時，她便手持神盾、
全身武裝披掛。〉

安菲特里忒和波濤喧囂的搖動大地之神生下了身材龐
大、統治廣大水域的特里同，他擁有海的深處，和親愛的
母親、海王父親一起住在黃金做成的宮殿裡。他是一個可
怕的神靈。又，庫忒瑞亞為阿瑞斯生下了刺破盾牌的驚慌
神和恐懼神。他們是可怕的神靈，在城邦劫掠者阿瑞斯的
幫助下，把陣前的敵軍嚇得潰逃。他們還生了哈爾摩尼
亞，勇敢的卡德摩斯娶她為妻。

阿特拉斯之女邁亞睡上宙斯的聖床，為他生下永生諸
神之信使，光榮的赫爾墨斯。

卡德摩斯之女塞墨勒與宙斯戀愛結合，生下一個出色
的兒子，快樂的狄俄尼索斯。母親是凡間婦女，兒子是
神。現在兩人同為神靈。

阿爾克墨涅與驅雲之神宙斯戀愛結合，生了大力士赫
拉克勒斯。

著名的跛足神赫淮斯托斯娶美惠三女神中年齡最小的
阿格萊亞作他的妙齡妻子。

929s
929t
930
935
940
945

金髮的狄俄尼索斯娶彌諾斯之女、棕色頭髮的阿里阿德涅作他的妙齡妻子。克洛諾斯之子使她永生不老。

美踝的阿爾克墨涅的勇敢兒子、大力士赫拉克勒斯在 950
幹完淒苦的勞役後，在白雪覆蓋的奧林波斯山娶了偉大的
宙斯和腳穿金鞋的赫拉之女赫柏為妻。他幸福了，因為他
已經做完了偉大的工作，生活在永生神靈之中，無憂無 955
慮，長生不老。

大洋神俄刻阿諾斯之女珀耳塞伊斯給永不疲倦的赫利
俄斯生下了喀耳刻和國王埃厄忒斯。把光明帶給人類的赫
利俄斯的兒子埃厄忒斯，根據眾神的意願，娶了水流完善 960
的大洋神之女、臉蛋漂亮的伊底伊阿為妻。金色阿佛洛狄
特的神力使她陷入了對這位國王的愛戀之中，為他生了美
踝的美狄亞。

現在該說再見了，你們，住在奧林波斯山上、島嶼
上、大陸上和大海裡的神靈們。現在，奧林波斯的歌聲甜 965
美的繆斯，神盾持有者宙斯的女兒們呀，來吧，歌唱一群
神女，那些與凡間男人同床共枕、為他們生出神靈般子女
的永生女神們吧！

聰明的女神德墨特爾在富饒的克里特一塊犁過三次的 970
休耕地上與英雄伊阿西翁歡樂結合，生下一位好心的神祇

普路托斯。他走遍各地——陸地和廣闊的海面——一路上讓找到他的人或抓住他的人發財，給他們帶來巨大的財富。

975　　金色阿佛洛狄特之女哈爾摩尼亞，在城牆堅固的忒拜為卡德摩斯生下了伊諾、塞墨勒、臉蛋漂亮的阿高厄、與長頭髮的阿里斯泰俄斯結婚的奧托諾厄，還有波呂多洛斯。

980　　大洋神之女卡利羅厄在金光閃閃的阿佛洛狄特的神力支配下，和堅強勇敢的克律薩俄耳戀愛結合，生下人類中最強的兒子革律翁，後來因為他的牛群拖沓不前而被大力士赫拉克勒斯殺死於四面環海的厄律提亞島。

985　　厄俄斯給提托諾斯生下埃塞俄比亞人的國王，頭戴銅盔的門農和發號施令的厄瑪提翁。她還給刻法羅斯①生下一個卓越的兒子——強壯的神一般的法厄同②；年少時，他嬌嫩美麗、單純可愛，愛笑的阿佛洛狄特捉住了他，讓990　他夜晚守衛她的神龕，使他成為一個神的精靈。

根據諸神的意願，那個埃宋之子在完成了偉大的國王

---

①黎明女神厄俄斯的情人，俊美的獵人。
②後來流傳的神話說他是太陽神之子。

傲慢的珀利阿斯———一個蠻橫強暴的人布置給他的艱苦的
工作之後，根據諸神的意願，把神類養育的國王埃厄忒斯　995
的女兒從其父身旁帶走了。埃宋之子完成了長時間的艱苦
工作之後，乘上快船，帶著這位覥覥少女來到伊俄爾科　1000
斯，娶這妙齡少女為妻。她屈從於伊阿宋，嫁給了她，和
他生了一個兒子墨多斯，菲呂拉之子喀戎在山中養大了
他。偉大宙斯的意願實現了。

　　在海上「長者」涅柔斯的女兒中，漂亮的普薩瑪忒受
到金色阿佛洛狄特的神力，與埃阿科斯相愛，給他生下了　1005
福科斯。腳穿銀鞋的忒提斯屈從於珀琉斯，給他生下了殺
人無數的獅子般勇猛的阿喀琉斯。

　　頭冠漂亮的庫忒瑞亞和英雄安喀塞斯在甜蜜的戀愛中
結合在森林茂密、峽谷眾多的伊達山峰生下埃涅阿斯。　1010

　　許佩里翁之子赫利俄斯的女兒喀耳刻，鍾情於意志堅
定的奧德修斯，給他生下阿格里俄斯和無可指責的、強大
有力的拉丁努斯。〔按照金色阿佛洛狄特的安排她還生了　1015
忒勒戈諾斯。〕①他們統治著神聖島嶼深處的著名的圖倫
尼亞人②。

_____

①有的抄本無此行。
②即埃特魯利亞人。古代義大利的主要居民之一。在羅馬人居地西北。

聰明的神女卡呂普索和奧德修斯在甜蜜的戀愛中結合，生下了瑙西托俄斯和瑙西洛俄斯。

1020　　以上就是那些與凡間男人同床共枕、為凡人們生育了神一樣後代的神女們。

現在，奧林波斯的歌聲甜美的繆斯，神盾持有者宙斯的女兒們，下面請你們歌唱一群凡間的婦女吧。

附錄

　　表中阿拉伯數字爲《神譜》中的行數。一般只列出主要的一處，即可以看出他（或她）譜系關係的地方。括號中是《工作與時日》中的譯名和行數。

希英漢希臘神名譯名對照表

希臘文	行數	英文	漢文
		A	
Ἀδμήτη	350	Admete	阿德墨忒
Αελλώ	267	Aëllo	埃洛
Ἀθηνᾶ, Ἀθήνη	13	Athene	雅典娜
Αἰήτης	957	Aeëtes	埃厄忒斯
Αἰακός	1005	Aeacus	埃阿科斯
Αἰνείας	1010	Aeneas	埃涅阿斯
Αἰθήρ	124	Aether	埃忒耳
Αἴσηπος	342	Aesepus	埃塞浦斯
Ἀιδης, ‘άδης	311(153)	Hades	哈得斯
Ἀκάστη	356	Acaste	阿卡斯忒
Ἀκταίη	249	Actaea	阿克泰亞
Ἀγαυή	977,247	Agaue	阿高厄
Ἀγχίσες	1009	Anchises	安喀塞斯
Ἀγλαΐη	910	Aglaea	阿格萊亞
Ἄγριος	1013	Agrius	阿格里俄斯
Ἀλφειός	338	Alpheus	阿爾甫斯
Ἀλιμήδη	255	Alimede	阿利墨德
Ἀλιάκμων	341	Haliacmon	哈利阿科門
Ἀλίη	245	Halie	哈利厄
Ἀλκμήνη	525	Alcmene	阿爾克墨涅
Ἀμφιτρύτων	317	Amphitryon	安菲特律翁

Ἡμέρη	124	Day	赫莫拉
Ἡμαθίων	985	Emathion	厄瑪提翁
Ἡρακλῆς	289	Heracles	赫拉克勒斯
Ἥρη或 Ἥρα	11	Hera	赫拉
Ἡριδανός	338	Eridanus	厄里達諾斯
Ἡριγένεια	381	Erigeneia	厄里戈涅亞
Ἥφαιστος	927, 945(60)	Hephaestus	赫淮斯托斯
Ἡώς, Ἕως	372, 18	Eos	厄俄斯

Θ

Θαλίη	911	Thaleia	塔利亞
Θάλεια	77	Thaleia	塔利亞
Θαύμας	237	Thaumas	陶馬斯
Θεία	135	Theia	忒亞
Θέμις	135	Themis	忒彌斯
Θέτις	244, 1006	Thetis	忒提斯
Θεμιστώ	261	Themisto	忒彌斯托
Θόη	244	Thoë	托厄

I

Ἰάνθη	350	Ianthe	伊安忒
Ἰάνειρα	356	Ianeira	伊阿涅伊拉
Ἰαπετός	135, 18	Iapetus	伊阿佩托斯
Ἰασίων	971	Iasion	伊阿西翁
Ἰδυῖα	352	Idyia	伊底伊阿
Ἰήσων, Ἰάσων	1000	Iason	伊阿宋
Ἵμερος	65	Himerus	願望之神
Ἰνώ	976	Ino	伊諾
Ἰόλαος	317	Iolaus	伊俄拉俄斯
Ἱππώ	351	Hippo	希波
Ἱπποθόη	250	Hippothoë	希波托厄
Ἱππονόη	251	Hipponoë	希波諾厄

Ἶρις	266	Iris	伊里斯
Ἴστρος	340	Ister	伊斯忒耳
Ἱστίη	454	Hestia	赫斯提亞

K

Καλυφώ	359	Calypso	卡呂普索
Κάικος	343	Caicus	卡伊枯斯
Καλλιρόη	288	Callirrhoë	卡利羅厄
Κάδμος	326(162)	Cadmus	卡德摩斯
Καδμεῖοι		Cadmeans	卡德摩斯的後代
Καλυφώ	1017	Calypso	卡呂普索
Καλλιόπη	79	Calliope	卡利俄佩
Κέρβερος	311	Cerberus	刻耳柏羅斯
Κερκηίς	355	Cerceïs	刻耳刻伊斯
Κεφάλος	986	Cephalus	刻法羅斯
Κητώ	238	Ceto	刻托
Κῆρες	217(92)	Fates	凱來斯（命運三女神）
Κλειώ	76	Cleio	克利俄
Κλωθώ	905, 218	Clotho	克洛索
Κλυμένη	351	Clymene	克呂墨涅
Κλυτίη	352	Clytie	克呂提厄
Κίρκη	957	Circe	喀耳刻
Κοῖος	134	Coeus	科俄斯
Κόττος	149	Cottus	科托斯
Κράτος	385	Cratos	克拉托斯
Κριός	375	Crius	克利俄斯
Κρόνος	5	Cronos	克洛諾斯
Κρονίων		Son of Cronos	克洛諾斯之子
Κυθέρεια	196, 200	Cytherea	庫忒瑞亞
Κυπρογενέα	199	Cyprogenes	塞浦洛格尼亞
Κυμώ	255	Cymo	庫摩
Κυμοθόη	245	Cymothoë	庫姆托厄

Κυματολήγη	251	Cymatolege	庫瑪托勒革
Κυμοπόλεια	819	Cymopolea	庫墨珀勒亞
Κυθέρεια	1008	Cytherea	庫忒瑞亞
Κύκλωπες	140	Cyclopes	庫克洛佩斯
Κυμοδόκη	252	Cymodoce	庫摩多刻

Λ

Λαομέδεια	257	Laomedea	拉俄墨狄亞
Λάχεσις	905, 218	Lachesis	拉赫西斯
Λατῖνος	1014	Latinus	拉丁努斯
Λάδων	344	Ladon	拉冬
Ληαγόρη	255	Leagore	勒阿戈瑞
Λητώ	406, 17	Leto	勒托
Λυσιάνασσα	258	Lysianassa	呂西阿娜薩

M

Μαίη	938	Maia	邁亞
Μαίανδρος	339	Meander	馬伊安得洛斯
Μελίαι	187	Meliàe	墨利亞
Μέμνων	986	Memnon	門農
Μελίτη	247	Melite	墨利忒
Μέδουσα	276	Medusa	墨杜薩
Μενεσθώ	357	Menestho	墨涅斯托
Μενοίτιος	510	Menoetius	墨諾提俄斯
Μελπομένη	77	Melpomene	墨爾波墨涅
Μενίππη	260	Menippe	墨尼珀
Μῆτις	358	Metis	墨提忒
Μήδειος	1001	Medeus	墨多斯
Μήδεια	961	Medea	美狄亞
Μηλόβοσις	354	Melobosis	墨羅玻西斯
Μίνως	948	Minos	彌諾斯
Μνημοσύνη	54	Mnemosyne	謨涅摩緒涅

Μοῖραι	904, 217	Moerae	摩伊賴
Μοῦσαι	1, 75(1)	Muses	繆斯

N

Ναυσίνοος	1018	Nausinoüs	瑙西洛俄斯
Ναυσίθοος	1018	Nausithoüs	瑙西托俄斯
Νεῖλος	338	Nilus	尼羅斯
Νέσσος	341	Nessus	涅索斯
Νέμεσις	223	Nemesis	涅墨西斯
Νηρεύς	234	Nereus	涅柔斯
Νημερτής	262	Nemertes	涅墨耳提斯
Νησώ	261	Neso	涅索
Νησαίη	249	Nisaea	尼薩亞
Νίκη	385	Nike	尼刻
Νότος	380(675)	Notus	諾托斯（南風神）
Νύξ	123, 125(17)	Night	紐克斯（夜神）
Νύμφαι	130	Nymphs	紐墨菲

O

Ὀδυσσήος	1012	Odysseus	奧德修斯
Ὄρθος	293, 327	Orthus	俄耳托斯
Οὐρανίη	78	Urania	烏剌尼亞
Οὐρανός	106	Heaven	烏蘭諾斯

Π

Πασιθέη	245	Pasithea	帕西忒亞
Παρθένιος	344	Parthenius	帕耳忒尼俄斯
Παλλάς	376	Pallas	帕拉斯
Πασιθόη	352	Pasithoë	派西托厄
Πανδώρη	(81)	Pandora	潘朵拉
Πανόπεια	250	Panopea	潘諾佩亞
Πετραίη	357	Petraea	珀特賴亞

Σ

Τ

Υ

Φ

Φαέθον	987	Phaëthon	法厄同
Φᾶσις	340	Phasis	發西斯
Φέρουσα	248	Pherusa	斐魯薩
Φιλύρα	1001	Philyra	菲呂拉
Φόρκυς	333	Phorcys	福耳庫斯
Φοίβη	136	Phoebe	福柏
Φῶκος	1005	Phocus	福科斯

Χ

Χάριτες	907, 65(73)	Graces, Charites	美惠神女
Χάος	116	Chaos	卡俄斯
Χείρων	1001	Cheiron	喀戎
Χίμαιρα	319	Chimaera	客邁拉
Χρυσηίς	359	Chryseis	克律塞伊斯
Χρυσάωρ	980, 281	Chrysaor	克律薩俄耳

Ψ

Ψαμάθη	260, 1004	Psamathe	普薩瑪忒

Ω

Ὠκεανός	134	Oceanus	俄刻阿諾斯
Ὠκυπέτη	267	Ocypetes	俄庫珀忒
Ὠκυρόη	360	Ocyrrhoë	俄庫耳羅厄
Ὧραι	901(75)	Horae	荷賴（時序三女神）

漢希英希臘神名譯名對照表

漢文	行數	希臘文	英文

四畫

漢文	行數	希臘文	英文
比亞	385	βίη	Bia
戈耳戈	274	Γοργώ或Γοργών	Gorgons
厄倪俄	273	Ἐνυώ	Enyo
厄拉托	246	Ἐρατώ	Erato
厄俄涅	255	Ἠιόνη	Eïone
厄俄斯	372, 18	Ἠώς, Ἕως	Eos
厄羅斯	120	Ἔρος	Eros
不和女神，厄利斯	225(11)	Ἔρις	Strife
厄瑞涅	902	Εἰρήνη	Eirene
厄客德娜	297	Ἔχιδνα	Echidna
厄瑪提翁		Ἠμαθίων	Emation
厄瑞玻斯	123	Ἔρεβος	Erebus
厄里達諾斯	338	Ἠριδανός	Eridanus
厄勒克特拉	265, 349	Ἠλέκτρα	Electra
厄里戈涅亞	381	Ἠριγένεια	Erigeneia
厄里倪厄斯	184	Ἐρινύες	Erinyes
厄比米修斯	511	Ἐπιμηθεύς	Epimetheus
厄俄斯福洛斯	381	Ἐωσφόρος	Eosphorus

五畫

漢文	行數	希臘文	英文
古埃斯	149	Γύης	Gyes
布戎忒斯	140	βρόντης	Brontes
布里阿瑞俄斯	149	βριάρεως	Briareos
卡俄斯	116	Χάος	Chaos
卡伊枯斯	343	Κάικος	Caicus
卡利俄佩	79	Καλλιόπη	Calliope
卡利羅厄	288	Καλλιρόη	Callirrhoë

八畫

宙克索	352	Ζευξώ	Zeuxo
刻托	238	Κητώ	Ceto
刻法羅斯	986	Κεφάλος	Cephalus
刻耳柏羅斯	311	Κέρβερος	Cerberus
刻耳刻伊斯	355	Κερκηίς	Cerceïs
波塞頓	16	Ποσειδῶν	Poseidon
波呂多拉	354	Πολυδώρη	Polydora
波呂諾厄	258	Πουλυνόη	Polynoë
波呂多洛斯	978	Πολύδωρος	Polydorus
波呂姆尼亞	78	Πολύμνια	Polyhymnia
法厄同	987	Φαέθον	Phaëthon
拉冬	344	Λάδων	Ladon
拉赫西斯	218, 905	Λάχεοις	Lachesis
拉丁努斯	1014	Λατῖνος	Latinus
拉俄墨狄亞	257	Λαομέδεια	Laomedea
帕拉斯	376	Παλλάς	Pallas
帕西忒亞	245	Πασιθέη	Pasithea
帕耳忒尼俄斯	344	Παρθένιος	Parthenius
佩伽索斯	281	Πήγασος	Pegasus
門農	986	Μέμνων	Memnon
亞細亞	359	Ἀσίη, Ἀσία	Asia
阿高厄	977	Ἀγαυή	Agave
阿德墨忒	349	Ἀδμήτη	Admete
阿耳戈斯	142	Ἄργης	Arges
阿爾古斯	(77)	Ἄργος	Argus
阿克泰亞	249	Ἀκταίη	Actaea
阿特拉斯	510	Ἄτλας	Atlas
阿卡斯忒	356	Ἀκάστη	Acaste
阿爾甫斯	338	Ἀλφειός	Alpheus
阿喀琉斯	1007	Ἀχιλλεύς	Achilles
阿伽烏厄	247	Ἀγαυή	Agaue
阿格萊亞	910	Ἀγλαΐη	Aglaea

阿特洛泊斯	218, 905	Ἄτροπος	Atropos
阿斯忒里亞	410	Ἀστερίη, Ἀστρία	Asteria
阿爾克墨涅	525	Ἀλκμήνη	Alcmene
阿爾忒密斯	15	Ἄρτεμις	Artemis
阿格里俄斯	1013	Ἄγριος	Agrius
阿刻羅俄斯	341	Ἀχελώιος	Achelous
阿里阿德涅	947	Ἀριάδνη	Ariadne
阿佛洛狄特	17	Ἀφροδίτη	Aphrodite
阿耳得斯杜斯	345	Ἄρδησκος	Ardescus
阿斯特賴俄斯	376	Ἀστραῖος	Astraeus
阿里斯泰俄斯	977	Ἀρισταῖος	Aristaous

九畫

美狄亞	961	Μήδεια	Medea
美惠神女	907, 65(73)	Χάριτες	Graces, Charites
客邁拉	319	Χίμαιρα	Chimaera
派西托厄	352	Πασιθόη	Pasithoë
珀琉斯	1006	Πηλεύς	Peleus
珀伊托	349	Πειθώ	Peitho
珀涅烏斯	343	Πηνειός	Peneüs
珀爾塞斯	280	Περσεύς	Perseus
洛狄亞	351	Ῥόδεια	Rhodea
珀特賴亞	357	Πετραίη	Petraea
珀利阿斯	994	Πελίας	Pelias
珀耳塞福涅	913	Περσεφόνη	Persephone
珀耳塞伊斯	356	Περσηίς	Perseïs
珊伽里烏斯	344	Σαγγάριος	Sangarius
革律翁	288	Γηρυῶν	Geryones
玻瑞阿斯	379	Βορέας或Βορέης	Boreas
柏勒羅豐	325	Βελλεροφῶν	Bellerophon
哈利厄	245	Ἁλίη	Halie
哈得斯	311	Ἀίδης, ᾅδης	Hades

十畫

十一畫

十二畫

提豐	306	Τυφάον	Typhaon
雅典娜	13	Ἀθηνᾶ, Ἀθήνη	Athene
斐魯薩	248	Φέρουσα	Pherusa
斯佩俄	245	Σπειώ	Speo
斯忒諾	276	Σθεννώ	Sthenno
斯芬克斯	327	Σφίγξ	Sphinx
斯特律門	339	Στρυμόν	Strymon
斯梯克斯	361	Στύξ	Styx
斯忒羅佩斯	140	Στερόπης	Steropes
斯卡曼得洛斯	345	Σκάμανδρος	Scamander
彭菲瑞多	273	Πεμφρηδώ	Pemphredo
塔利亞	77	Θάλεια	Thaleia
塔耳塔羅斯	120	Τάρταρος	Tartarus
喀戎	1001	Χείρων	Cheiron
喀耳刻	957	Κίρκη	Circe
凱來斯（懲罰三女神	217(92)	Κῆρες	Fates
或命運三女神）			

十三畫

塞墨勒	976	Σεμέλη	Semele
塞勒涅	371, 19	Σελήνη	Selene
塞浦洛格尼亞	199	Κυπρογενέα	Cytherea
瑞亞	135	Ῥεία	Rhea
瑞索斯	340	Ῥῆσος	Rhesus
發西斯	340	Φᾶσις	Phasis
該亞	117	Γαῖα，或Γῆ	Earth
瑙西托俄斯	1018	Ναυσίθοος	Nausithoüs
瑙西洛俄斯	1018	Ναυσίνοος	Nausinoüs
奧多拉	244	Εὐδώρη	Eudora
奧托諾厄	258	Αὐτονόη	Autonoë
奧德修斯	1012	Ὀδυσσήος	Odysseus

十四畫

十五畫

墨提斯	358	Μῆτις	Metis
墨涅斯托	357	Μενεσθώ	Menestho
墨羅玻西斯	354	Μηλόβοσις	Melobosis
墨爾波墨涅	77	Μελπομένη	Melpomene
墨諾提俄斯	510	Μενοίτιος	Menoetius
德墨忒爾（地母神）	454(465)(300)	Δημήτηρ	Demeter

十六畫

澤洛斯	385	Ζῆλος	Zelus
澤費羅斯	380	Ζέφυρος	Zephyrus
歐阿涅	260	Εὐάρνη	Euarne
歐里刻	245	Εὐλίκη	Eunice
歐羅巴	357	Εὐρώπη	Europa
歐阿革瑞	257	Εὐαγόρη	Euagore
歐利墨涅	247	Εὐλιμένη	Eulimene
歐律阿勒	276	Εὐρυάλη	Euryale
歐波摩珀	261	Εὐπόμπη	Eupompe
歐律比亞	239	Εὐρυβίη	Eurybia
歐克拉忒	243	Εὐκράντη	Eucrante
歐律諾墨	907	Εὐρυνόμη	Eurynome
歐律提翁	293	Εὐρυτίων	Eurytion
歐厄諾斯	345	Εὔηνος	Euenus
歐諾彌亞	902	Εὐνομίη	Eunomia
歐忒耳佩	77	Εὐτέρπη	Euterpe
歐佛洛緒涅	910	Εὐφροσύνη	Euphrosyne
諾托斯	380	Νότος	Notus
諾狄攸斯	341	Ῥοδίος	Rhodius

十七畫

繆斯	1,75(1)	Μοῦσαι	Muses
邁亞	938	Μαίη	Maia
薩俄	243	Σαώ	Sao

工作與時日；神譜 / 赫西俄德（Hesiod）著；艾佛
林－懷特（H. G. Evelyn－White）英譯. 張竹明，
蔣平轉譯. －－初版. －－臺北市：臺灣商務，
1999［民88］
　　面；　公分. －－（Open；2：18）
譯自：Erga kai hemerai
譯自：Theogonia
ISBN 957-05-1544-9（平裝）

871.31　　　　　　　　　　　　87016567

OPEN系列／讀者回函卡

感謝您對本館的支持，為加強對您的服務，請填妥此卡，免付郵資寄回，可隨時收到本館最新出版訊息，及享受各種優惠。

姓名：＿＿＿＿＿＿＿＿＿＿＿＿＿　　性別：□男 □女

出生日期：＿＿＿年＿＿月＿＿日

職業：□學生 □公務（含軍警） □家管 □服務 □金融 □製造
　　　□資訊 □大眾傳播 □自由業 □農漁牧 □退休 □其他

學歷：□高中以下（含高中） □大專 □研究所（含以上）

地址：＿＿＿＿＿＿＿＿＿＿＿＿＿＿＿＿＿＿＿＿＿＿＿＿
　　　＿＿＿＿＿＿＿＿＿＿＿＿＿＿＿＿＿＿＿＿＿＿＿＿

電話：（H）＿＿＿＿＿＿＿＿＿　（O）＿＿＿＿＿＿＿＿＿

購買書名：＿＿＿＿＿＿＿＿＿＿＿＿＿＿＿＿＿＿＿＿＿

您從何處得知本書？
　　　□書店 □報紙廣告 □報紙專欄 □雜誌廣告 □DM廣告
　　　□傳單 □親友介紹 □電視廣播 □其他

您對本書的意見？ （A/滿意 B/尚可 C/需改進）
　　　內容＿＿＿＿ 編輯＿＿＿＿ 校對＿＿＿＿ 翻譯＿＿＿＿
　　　封面設計＿＿＿ 價格＿＿＿ 其他＿＿＿＿＿＿

您的建議：＿＿＿＿＿＿＿＿＿＿＿＿＿＿＿＿＿＿＿＿＿
　　　＿＿＿＿＿＿＿＿＿＿＿＿＿＿＿＿＿＿＿＿＿＿＿＿
　　　＿＿＿＿＿＿＿＿＿＿＿＿＿＿＿＿＿＿＿＿＿＿＿＿

臺灣商務印書館

台北市重慶南路一段三十七號　電話：（02）23116118・23115538
讀者服務專線：080056196　傳真：（02）23710274
郵撥：0000165-1號　E-mail：cptw@ms12.hinet.net

100臺北市重慶南路一段37號

臺灣商務印書館 收

對摺寄回，謝謝！

OPEN

當新的世紀開啓時，我們許以開闊